마리안느는 소록도의 사슴이나 염소에게도
늘 세심한 손길로 먹이를 주었다.

저마다 다른 빛깔로 만개한
소록도의 꽃들 사이에서
활짝 웃는 마가렛.

마가렛과 마리안느의 방 벽에 붙어 있는 글귀들.
무소유를 온몸으로 실천하며
그녀들은 그렇게 선하고 겸손한 삶을 살았다.

매력과 활력이 넘치는
젊은 시절의 마리안느와 마가렛.
부채를 든 여인이 마가렛이다.

마가렛이 살고 있는 인스부르크,
노르트케테(Nordkette) 산봉우리의 절경.

마리안느의 고향, 마트라이의 겨울풍경.
고도가 높은 이곳의 겨울은 줄곧 흰 눈에 감싸여 있다.

2016년 2월, 인스부르크 시내 요양원에서 마가렛.
그녀의 작고 소박한 방 안에는
아직도 소록도의 추억들이 많이 남아 있다.

2016년 5월,
떠난 지 11년 만에 다시 찾은 소록도의 관사에서 마리안느.

은은한 향기를 뿜어내는 귀한 꽃, 에델바이스와 함께 한
마리안느와 마가렛.

2016년 5월, 햇살에 반짝이는 소록도의 바다를 바라보며
상념에 잠긴 마리안느.

소록도의
마리안느와
마가렛

성기영 지음

소록도의
마리안느와
마가렛

우리 곁에

사랑이 머물던

시간

위즈덤하우스

이 책의 탄생은 거의 전적으로, 광주대교구장 김희중 대주교님과 소록도성당의 김연준 신부님께 힘입은 바 크다. 이 자리를 빌려 두 분께 감사드린다. 소록도의 환우분들을 포함해서 바쁜 시간을 쪼개어 긴 인터뷰에 성심껏 응해주신 모든 분들, 애써주신 소록도성당 직원분들과 사단법인 마리안마가렛, 인터뷰를 도와주신 오스트리아 인스부르크와 마트라이의 관계자분들, 사진 자료를 제공해주신 분들과 다큐멘터리 영화 〈마리안느와 마가렛〉 제작진, 그리고 위즈덤하우스 편집실에도 고마운 마음을 전한다.

무엇보다 스스로의 선행을 결코 세상에 드러내고 싶어 하지 않으셨음에도 불구하고, 크나큰 희생정신과 인내심으로 이 책을 받아들여주신 마리안느와 마가렛, 그리고 그 가족분들께 고개 숙여 감사드린다. 부디 두 분의 의로운 생에 비할 바 없이 작고 부족한 이 책이, 두 분께 커다란 누가 되지 않았으면 하고 바랄 뿐이다.

2017년 2월

성기영

• 차례

귀향

어둑어둑한 저녁. 소록도에 소리 없이 밤이 내린다.

마리안느와 마가렛은 관사의 방 안, 책상 앞에 마주 앉아 있다. 깊게 파인 주름살 위로 희미한 불빛이 어른거린다. 독일어와 한국어를 섞어 대화하는 두 할머니의 목소리도 나지막하다.

두 사람은 영어, 독일어, 한국어 이름들이 빼곡히 적힌 종이를 찬찬히 들여다보며, 혹시 빠뜨린 사람은 없는지 검토해 본다. 한 사람 한 사람 이름을 확인하면서 되돌아보니, 지난 세월 참 많은 이들에게 은혜를 입었다는 생각이 절로 든다.

'죽으면 이 섬에 뼈를 묻겠다고 했었는데…….'

침묵 속에서 두 사람은 젊은 시절부터의 오랜 다짐을

떠올린다. 그때만 해도 이렇게 작별의 편지를 쓰게 되리라고는 누구도 예상하지 못했었다.

그동안 써왔던 편지와 엽서를 모두 합치면 섬을 덮을 만큼의 세월이다. 마리안느와 마가렛의 집은 우편물이 많기로 소문난 곳이었다. 물론 가족과 지인들에게 보내는 안부 편지와 엽서, 연하장이 가장 많았지만, 고국 오스트리아에 소록도의 딱한 상황을 알리고 경제적 지원을 요청하는 편지와 그에 필요한 관련 서류들, 그리고 감사장 등이 소록도의 작은 우체국을 통해 수없이 바다 너머로 나가고 들어왔다.

그러나 지금 써내려 가는 편지처럼 슬프고 고통스런 편지는 일찍이 없었다. 이별을 알리는 일은 누구에게나 어렵고 힘들 것이다.

세월 탓일까. 두 사람 모두 눈이 침침해서 종이 위의 글씨를 오래 보고 읽는 일조차 힘에 부친다.

앉은뱅이책상 위에는 작은 해골이 놓여 있다. 마가렛은 유골을 들어 잠시 쳐다보다가, 조용히 다시 내려놓았다.

정적이 방 안을 감쌌다. 둘은 누가 먼저랄 것도 없이 펜을 내려놓은 채 어둠에 잠긴 창밖을 조용히 내다보았다. 평소에도 둘은 일할 때 필요한 대화를 제외하면 대체로 말수가 적고 조용한 편이었지만, 이날의 침묵은 평소와 달리 더 길고 깊었다.

11월, 문을 여닫을 때마다 쌀쌀한 바람이 들어오는 초겨울이었다. 차가운 바람소리가 그들의 허전한 마음을 휘감았다.

다음날 새벽 5시, 마리안느와 마가렛은 이미 깨어 있었다. 그들은 40여 년 동안 늘 한결같이 이른 시간에 하루를 시작해왔다.

오늘도 둘은 서둘러 국립소록도병원으로 내려갔다. 오랫동안 계속해온 아침의 중요한 일과가 있기 때문이다. 커다란 주전자에 물을 끓이고 우유를 타서 환자들의 컵에 따라주는 일이다. 3년 전부터 관사에서 그녀들과 함께 살고 있는 문옥녀 씨도 가끔 이 일을 돕는다. 일흔 살이 넘은 마리안느와 마가렛은 어느 때부터인가 20리터 무게의 우유 주전자를 들고 따르기가 힘들어졌다. 이제는 은퇴할 때가 되었나보다.

마가렛은 가방 하나를 지고서 홀로 걸었다. 무릎이 아파 가다 쉬다를 반복하면서 천천히 고개를 오르고 또 오른다. 그녀는 오늘도 겉옷 안에 개량한복을 입었다. 그녀는 스님들이 입는 헐렁한 바지나 한복 풍의 윗도리를 즐겨 입었고, 고무신도 좋아해서 자주 신었다.

고갯마루. 그녀는 문득 발걸음을 멈춘 채 허리를 한번쭉 펴고 새삼스레 주변을 둘러보았다. 소록도, 참으로 아름다운 섬. 얼마나 이곳을 사랑했던가.

잠시 후 그녀는 미리 봐둔 커다란 나무 아래 쪼그리고 앉아 흙을 파기 시작했다. 곧이어 작은 구덩이가 생겼다. 마가렛은 가방을 열어 안에 있던 물건들을 하나씩 꺼냈다. 책상 위에 놓인 채 늘 마주보던 하얀 해골, 여기저기서 받은 훈장들, 그리고 소중한 이들이 건네준 선물들.

하나하나 쓰다듬고는 미련 없이 구덩이에 묻기 시작했다. 지나간 시간들, 다시 오지 않을 나날들과 함께 소록도에서의 수많은 추억이 고스란히 땅에 묻혔다. 삶의 흔적과 미련을 다 비워낸 그녀는 가벼워진 가방을 들고 일어섰다. 그러고는 천천히 고개를 내려왔다.

그 시간 마리안느는 남생리의 소각장으로 들어섰다. 그녀 역시 커다란 가방을 어깨에 메고 있다. 천식 기운이 있어 콜록콜록 기침을 하는 그녀의 숨소리가 다소 크고 거

칠다. 벌써 몇 번이나 이곳 소각장에 와서 지난 추억들을 소각했는데 아직도 태울 것이 많았다. 그동안 단출하게 살아왔다고 생각했는데 무엇이 이리도 많이 남았는지.

편지, 엽서, 일기, 메모들, 장부, 서류들, 마리안느와 마가렛의 온갖 모습이 담긴 사진첩들, 크고 작은 기념품들, 상장과 상패.

모든 것이 소각장의 불길 속으로 사라져버렸다. 자신의 이름과 지니던 물건들을 포함해, 그녀는 아무것도 남기고 싶지 않았다. 흙에서 났으니 흙으로 돌아갈 뿐이다.

저녁 시간. 마리안느와 마가렛은 문옥녀 씨의 도움을 받아, 독일어와 영어로 써놓은 편지를 한국어로 번역했다.

"아이고, 한국말은 너무 어려워. 오래 살았어도."

"맞아, 얼마나 어려운지 해도 해도 잘 모르겠어."

"저라고 뭐 잘 안다요."

세 사람은 서로 의견을 교환하며 한 줄 한 줄, 편지의 문장을 다듬어나갔다.

– 사랑하는 친구, 은인들에게

이 편지를 쓰는 것은 저희에게 아주 어려운 일이었습니다. 한편으로는 사랑의 편지이지만 한편으로는 헤어지는 섭섭함이 담겨 있습니다. 우리가 떠나는 이유에 대해 설명을 충분히 한다고 해도 헤어지는 아픔은 그대로 남아 있을 겁니다. 한 사람씩 직접 만나서 인사를 해야 하지만 이 편지로 대신합니다.

마가렛은 1959년 12월 한국에 도착했고 마리안느는 1962년 2월 와서 거의 반세기를 이곳에서 살았습니다. 고향을 떠나 이곳에서 간호사로 일하며 오랫동안 살았습니다. 천막을 쳤지만 이제는 그 천막을 접어야 할 때가 왔습니다.

우리는 이제 70이 넘은 나이입니다. 소록도 국립병원 공무원들은 58~60세에 퇴직합니다. 퇴직할 때는 소록도를 떠나야 합니다. 우리의 건강이 언제까지 일을 하도록 허락할지도 모릅니다. 그리고 이곳을 비워주고 다른 곳에 가서 사는 것은 저희들이 원하는 바가 아닙니다. 그래서 고향으로 떠나기로 결정했습니다. 우리 나이는 은퇴 시기에서 10년이나 지났습니다.

지금의 한국은 사회복지 시스템이 잘 되어 있어서 우리는

사랑하는 친구. 은인들에게

  이 편지 쓰는 것은 저에게 아주 어렵게 썼습니다. 한편은 사랑의
편지이지만은 한편은 헤어지는 섭섭함이 있습니다. 우리가 떠나는 것에
대해 설명을 충분히 한다고 해도 헤어지는 아픔은 그대로 남아 있을 겁
니다. 각 사람에게 직접 찾아뵙고 인사를 드려야 되겠지만 이 편지로
대신합니다.

  마가렛은 1959년 12월에 한국에 도착했고 마리안나는 1962년 2월
에 와서 거의 반세기를 살았습니다.

  고향을 떠나 이곳에서 간호로 제일 오랫동안 일하고 살았습니다.
(천막을 쳤습니다) 이제는 저희들이 천막을 접어야할 때가 왔습니다.
현재 우리는 70이 넘은 나이입니다. 소록도 국립병원 공무원들은(직원)
58세 ~60세 나이에 퇴직합니다. 퇴직할 때는 소록도에서 떠나야 되는
것이 정해져있습니다. 우리는 언제까지 일할 수 있는 건강이 허락이 될
지 몰라 이곳을 비워주고 다른 곳에 가서 사는 것은 저희들의 뜻이 아
닙니다. 그래서 고향으로 떠나기로 결정합니다. 우리 나이가 은퇴를 지
나서 10년이라는 세월이 흘렀습니다.

  지금 한국에서는 사회복지 씨스템이 잘되어 있어서 우리는 아주 기쁘
게 생각합니다. 우리가 없어도 환자들에게 잘 도와주는 간호사들이 계
셔서 마음 놓고 갑니다. 옛날에는 약과 치료품들이 많이 필요했을 때
고향에서 도움을 받아 도와드릴 수 있었습니다. 현재 소록도는 여러
면에서 발전되어 환자들은 많은 해택을 받고 있어서 우리들은 아주 기
쁘고 감사하는 마음이 큽니다.

  한국에서 같이 일하는 외국 친구들에게 가끔 저희가 충고해주는 말이
있는데 그곳에서 제대로 일할 수가 없고 자신들이 있는 곳에 부담을
줄때는 본국으로 가는 것이 좋겠다고 자주 말해왔습니다. 이제는 우리
가 그 말을 실천할 때라고 생각합니다.

  이 편지를 보는 당신에게 많은 사랑과 신뢰를 받아서 하늘만큼 감사
합니다. 우리는 부족한 외국인으로서 큰사랑과 존경을 받아서 대단히
감사드립니다. 이곳에서 같이 지내면서 저희에 부족으로 마음 아프게
해드렸던 일을 이 편지로 미안함과 용서를 빕니다.
여러분에게 감사하는 마음이 큽니다. 그 큰마음에 우리가 보답을 할
수 없어 하느님께서 우리대신 감사해주실 겁니다.

  항상 기도 안에서 만납시다.

                감사하는 마음으로
                    마리안써 올림
                    마가렛 올림

                              소록도 2005년 11월 22일

아주 기쁩니다. 우리가 없어도 환자들을 잘 돌봐주는 간호사들이 있어서 마음이 놓입니다. 옛날에 약과 치료제가 많이 필요했던 시기에는 고향에 도움을 받아 도와드릴 수 있었습니다. 그러나 지금의 소록도는 여러 면에서 발전해 환자들이 많은 혜택을 받고 있습니다. 그렇기에 우리는 아주 기쁘고 감사한 마음이 큽니다.

한국에서 같이 일하는 외국 친구들에게 저희가 자주 충고하는 말이 있습니다. 제대로 일할 수가 없고 자신들이 있는 곳에 부담을 줄 때는 본국으로 돌아가는 것이 좋겠다는 말입니다. 이제는 우리가 그 말을 실천할 때라고 생각합니다.

이 편지를 읽는 당신께 큰 사랑과 신뢰를 받아서 하늘만큼 감사합니다. 부족한 점이 많은 외국인인 우리에게 큰 사랑과 존경을 보내주어서 대단히 감사합니다. 이곳에서 지내는 동안 저희의 부족함으로 인해 마음 아팠다면 이 편지로 미안함과 용서를 빕니다.

여러분에게 감사하는 마음이 아주 큽니다. 그 큰 마음에 우리가 보답할 수 없어 하느님께서 우리 대신 감사해주실 겁니다.

항상 기도 안에서 만납시다.

- 감사하는 마음으로 마리안느, 마가렛 올림

2005년 11월 22일, 소록도에서.

이 집에는 컴퓨터는커녕 텔레비전도 없다. 문 씨는 다음날 이웃집 컴퓨터를 빌려 한글문서를 작성하고, 편지 끝부분에 파란색 비둘기 문양을 작게 집어넣었다. 초록 나뭇잎을 입에 문 비둘기는 생명을 상징한다. 문 씨는 집으로 돌아와 큰 할매와 작은 할매에게 인쇄한 편지의 내용을 다시 한 번 읽어준 뒤, 할매들의 서명을 받았다. 그러고 나서 성당의 사무실에 가 복사를 허락받고, 아무도 없을 때 복사본을 인쇄했다.

외국에 있는 지인들에게는 독일어, 영어로 된 편지를 따로 부쳤다. 수신인들이 참 많다. 그리스도 왕 시녀회원들, 소록도를 도와준 미국과 아일랜드의 지인들에게도 편지를 보내야 한다. 이곳 소록도 사람들에게 줄 편지는 따로 한 부씩 봉투에 넣어두었다. 물품들은 그동안 모두 정리해 주변인들에게 나눠주었고 몇몇은 소포로 부친 뒤 나머지는 창고에 넣었다.

보낸 소포의 양이 엄청난데도 워낙 평소에 마리안느와 마가렛의 집에 들고나는 우편물이 많다보니, 우체국의 직원도 이웃들도 아무도, 이들이 떠날 준비를 한다는 걸 눈치 채지 못했다. 그녀들은 주교님, 병원의 원장님, 성당의 신부님께도 마지막 주에야 오스트리아로 떠난다는 사실을 알렸다. 모두 깜짝 놀라며 가지 말라고 간곡히 말렸지만, 이젠 이미 늦었다.

떠나기 전날인 11월 20일 일요일. 그녀들은 성당에 다녀온 후 집의 전화기 전원을 뽑아놓았다. 이날은 그리스도 왕 대축일로 마리안느와 마가렛에게는 특별한 날이다. 그래서 아마 사람들은 그녀들이 매년 그랬듯 축일을 맞아 올해도 어디론가 피정을 갔으려니 생각할 것이다.

이렇게 비밀리에 떠날 수밖에 없었다. 큰 할매와 작은 할매가 오스트리아의 고향으로 아주 떠난다는 사실이 알려진다면 소록도에는 한바탕 큰 소란이 일어날 것이 분명하다. 수많은 환우들이 관사로 달려와 떠나지 못하게 막을 것은 불 보듯 뻔하다. 아마 누군가는 할매들의 여권이라도 숨기려 들 것이다. 병원을 비롯해 여기저기서 환송회를 준비할 테고, 그동안 그녀들의 도움을 받은 수많은 지인들이 소문을 듣고 몰려와 선물과 쌈짓돈을 내놓을 것이다. 이들이 떠나는 날에는 플래카드를 든 환송 인파가 녹동항에 모일 것이다. 이는 결코 과장이 아니다. 정이 많은 소록도 사람들이 40여 년의 세월을 이곳에서 봉사해온 그녀들을 그냥 떠나보낼 리 만무하다.

이별은 참으로 아쉽지만, 이 모든 과정은 연로한 그녀들에게 부담스럽게 느껴진다. 특히 마리안느는 대장암 수술을 한 이후에 체력이 많이 달린다. 아무리 생각해보아도 이곳에 왔을 때처럼 그저 조용히 떠나가는 게 가장 현명한 방법이라 여겨졌다.

어두운 밤. 두 할머니와 문옥녀 씨는 차를 타고, 마지막으로 섬을 한 바퀴 둘러보았다. 공회당을 돌 때, 암사슴, 수사슴과 작은 새끼 사슴이 눈에 들어왔다. 마리안느와 마가렛은 반가워하며 사슴 가족에게 손을 흔들어 작별인사를 보냈다. 그녀들은 평소에도 사슴을 좋아해, 관사 앞마당의 문 근처에 야채나 과일 껍질을 일부러 놔두곤 했다. 이윽고 꽃사슴들이 살금살금 다가와 먹이를 먹기 시작하면, 그녀들은 재미있어하며 숨죽여 그 모습을 지켜보았다. 이제는 소록도의 사슴 친구들과도 안녕이구나.

월요일 아침. 이날은 마가렛의 한국 체류 비자가 만료되기 전날이었다. 마리안느와 마가렛은 큰 가방 하나씩만을 든 채, 40년 동안 살았던 정든 붉은 벽돌집을 떠났다. 그녀들은 이날 새벽에도 병원에 내려가 환우들에게 우유를 나눠주는 일을 잊지 않았다. 성당에서 아침 미사를 드린 뒤 강길웅 본당 신부님과 인사를 나누었다. 늘 두 사람이 출근했던 병원의 치료실에는 이틀 뒤에 문을 연다는 공지를 붙여놓았다.

이윽고 두 할매는 소록도를 떠나는 배에 올랐다.

섬의 풍경이 차츰차츰 멀어져갔다. 실로 만감이 교차하는 순간이었다. 40여 년 전, 젊은 두 간호사들은 고향 오스트리아를 떠나 오늘처럼 가방 하나만 든 채 소록도에 왔다. 그리고 온 마음을 다해 간호 일을 하며 오랜 세월 한센병 환우들과 동고동락해왔다.

처음에 왔을 때는 소록도에 나무도 없었는데, 지금은 초록 나무가 곳곳에 울창하다. 지나간 세월이 물보라를 일으키며 눈앞을 스쳐갔다. 햇살에 부서지는 파도도, 자유로운 갈매기의 날갯짓도 오늘이 마지막이겠지. 시간은 아무도 기다려주지 않는다.

마리안느와 마가렛은 저 섬에 남아 있는 사랑하는 이들을 위해 마음으로 기도하며, 멀어져가는 섬에서 눈을 떼지 못했다. 급기야 그녀들의 시야가 흐려지고, 목이 멨다. 눈물이 그녀들의 주름진 얼굴을 타고 쉴 새 없이 흘러내려, 짠 바닷물로 떨어졌다.

잘 있어라 소록도, 그리고 다시 오지 않을 지난날들도, 안녕.

영원히.

1부
—

유년 시절,
그리고 간호학교 이야기

생각이 깊은 아이, 마리안느

***

    금발의 작은 여자아이는 커다란 문을 조심스레 밀고 성당 안으로 들어섰다. 오스트리아의 티롤 주, 아름다운 알프스 산맥 자락에 자리 잡은 조그마한 마을 마트라이 암 브레너(Matrei am Brener)에 있는 성모승천성당이다.

    1941년 5월, 봄이지만 해발 천 미터에 가까운 이곳의 산 위에는 녹을 줄 모르는 흰 눈이 쌓여 있다.

    내일은 일곱 살의 마리안느가 첫 영성체를 하는 날. 엄마가 정성껏 다려준 흰 원피스를 입고 커다란 십자가를 든 복사단의 뒤에 서서, 친구들과 함께 행렬할 자신의 모습을 상상하니 벌써부터 설렜다.

    유서 깊은 이 순례성당의 제대 위에는 예루살렘에서 온, 고통 받는 예수의 십자가상이 걸려 있다. 마리안느는 고개를 뒤로 젖힌 채 신기한 듯 십자가상을 올려다보았다. 안경 너머로 파랗게 빛나는 마리안느의 눈동자는 만년설을 인 저 알프스 산 위 하늘색을 닮았다. 십자가 위에서는 늘 그렇듯 아무 소리도 들려오지 않았다. 색유리 창문으로 들어온 햇살이 제대 위를 반짝 비추며 지나갈 뿐이었다. 그런데 마리안느는 십자가를 올려다보며, 무슨 이야기를 하는 걸까?

아이의 시간은 침묵 속에서 찬찬히 흘러갔다.

이윽고 성당 밖으로 나온 아이의 눈에 아버지를 도와 열심히 목초를 나르던 큰오빠 요제프와 작은오빠 파울이 비탈진 고갯길을 올라오는 모습이 들어왔다. 눈이 마주친 오빠들의 얼굴에 웃음이 어렸다. 온 유럽이 전화(戰禍)를 피해갈 수 없었던 2차 대전 중의 어려운 시기, 이곳의 소년 소녀들은 일찌감치 어른들의 일을 배웠다.

오늘도 이 집 남매들 특유의 아름다운 금발 너머로, 그와 비슷한 빛깔의 석양이 뉘엿뉘엿 저물어갔다. 어느새 집의 굴뚝에서 모락모락 연기가 피어오르는 것을 본 마리안느의 발걸음이 빨라졌다.

엄마 아빠, 그리고 두 오빠와 두 여동생이 함께 사는 성의 1층. 대가족의 저녁 식탁은 언제나 분주했다. 엄마는 오늘 골라쉬(Goulash)를 만들었다. 쇠고기와 감자, 각종 야채를 넣은 맛있는 스튜이다. 때때로 엄마의 심부름을 하며 식탁에서 두 여동생 올가와 안나를 돌봐주기도 하는 마리안느는 작지만 이미 철이 난 모습이었다. 만삭의 엄마는 여섯 번째 아기를 임신 중이다.

엄마는 음식과 모든 물자를 아끼고 또 아꼈다. 감자 껍질 하나도 허투루 버리지 않았고, 천 쪼가리, 종이쪽지 한 장도 차곡차곡 모았다. 모두가 생활의 어려움을 겪고 있던 시기이기에 도시에도 농촌에도 굶는 사람이 천지였다. 마리안느의 가족은 다행히 농사를 지을 수 있었기에, 배불리 먹지는 못해도 끼니를 거르지는 않았다.

엄마 아빠는 식사 전후 기도를 드릴 때 언제나 감사, 또 감사를 되풀이했다. 아이들의 귀에도 이 말들이 박혀서일까, 식탁에 앉으면 저절로 감사의 기도가 나왔다. 그날 밤 마리안느는 내일 있을 첫 영성체 예식을 떠올리며 기쁘고 설레는 마음으로 잠자리에 들었다.

다음날 아침 해가 떠오르기도 전에 마리안느는 이불을 박차고 일어났다. 드디어 기다리던 축제날이 밝은 것이다. 그런데 첫 영성체 예식을 기다리다 보니 배가 고팠다. 전

날 밤 자정부터 당일 낮 본 예식 때까지, 물 이외 아무것
도 먹을 수 없기 때문이었다. 카카오만 조금 먹을 수 있는
데, 어린이들에게도 이런 규칙이 엄격하게 지켜지던 시절
이었다.

마리안느가 다니는 마트라이 초등학교의 1학년 친구들
중 100여 명이 이날 다 같이 첫 영성체를 받을 예정이었
다. 말쑥하게 차려입은 작은 공주들과 꼬마 신사들 사이
에 선 마리안느는 수줍은 한 떨기 흰 꽃처럼 사랑스러웠
다. 그러나 친구 하나가 부주의하게도 먹던 카카오를 마
리안느의 옷에 떨어뜨리고 말았다. 깜짝 놀란 마리안느는
울상이 되어 더러워진 드레스 자락을 쥔 채 집으로 달려
갔다.

"엄마! 어쩌죠? 옷이 더러워졌어요!"

"저런, 어서 벗으렴."

엄마가 급히 옷을 가지고 간 사이 마리안느는 어쩔 줄
몰라 발만 동동 굴렀다. 그런데 잠시 후 엄마가 잰 손놀림
으로 빨고 다림질해서 다시 하얘진 드레스를 건네자 마리
안느의 눈이 휘둥그레졌다.

"이것 봐라, 마니! 깨끗해졌지?"

"우와! 우리 엄마 최고!"

마리안느의 고향, 마트라이의 성당 문

마리안느는 기뻐서 함빡 웃었다.

예식이 시작되자 처음으로 성체를 받은 마리안느는 자기 자리로 돌아가 누구보다도 열심히 기도했다. 어리지만 생각이 깊은 아이가 드린 첫 기도는 어떤 말들로 이루어졌을까. 아이가 드린 혼자만의 기도는 엄마도 오빠들도, 그 누구도 결코 알 수 없었다.

예식 후 기념사진을 찍는 순간. 마리안느도 왁자지껄한 꼬마 친구들 사이에 서서 한껏 예쁘게 포즈를 취했다. 그러나 나중에 인화된 흑백사진을 보니, 앞 친구의 머리에 가려 마리안느의 모습은 이마 끝밖에 보이지 않았다.

평생 간직할 특별한 사진이 얼굴을 가린 채 나왔으니 얼마나 실망했을까. 하지만 속 깊은 아이는 그냥 입을 다물어버리기로 했다. 그 어떤 슬픔이나 기쁨 앞에서도 좀처럼 감정을 드러내지 않는 마리안느 특유의 성품은 타고난 것이었다. 겉으로는 지극히 평범해 보였지만 내면에는 또래 아이들과 사뭇 다른 품성이 자라고 있었던 것이다.

나이에 어울리지 않는 침묵, 쉽게 실망하지 않는 평온한 표정, 그 잔잔한 수면 아래에서 마리안느는 평정심을 다져갔다. 그것은 단지 내성적인 것과는 사뭇 결이 다른 인성이었다. 이는 훗날 평생의 동료가 될 마가렛과의 공

28

왼쪽부터 마리안느, 여동생 치타, 작은오빠 파울, 큰오빠 조제프 (사진 제공_올가 스퇴거)

통점이기도 했다.

아이는 가끔 억울한 일을 당했을 때에도 주변에 하소연할 필요를 느끼지 못했다. 입을 다물고 속으로 분을 삭이지만 답답함이 쌓이지 않았다. 상처 준 사람들을 용서하거나, 상처가 되는 일을 그냥 흘려보내고 잊어버렸다. 아이는 감정상의 문제들을 상담할 침묵의 고백자를 이미 자기 내면에 가지고 있었던 것인지도 모른다.

마리안느의 아버지인 파울 스퇴거(Paul Stöger)는 성의 영주에게 소출을 주고 주변 경작지를 일구며 저택 관리도 하는 소작인이었다. 밭에서 감자, 보리, 밀 등을 번갈아가며 농사짓고, 소도 일곱 마리 키웠다. 그래서 이 집 아이들은 귀한 우유와 치즈를 먹을 수 있었다. 귀리 섞인 커다란 밀가루 한 가마니로 거의 일 년을 먹을 수 있었다. 1년에 딱 한 번 성탄절이 다가오면 기르던 큰 돼지를 잡아서 매달아 다음 해에 먹을 맛난 베이컨을 만들기도 했다.

엄마는 일주일에 한 번, 여러 가지 밀가루를 섞어 화덕에서 빵을 구웠다. 들에서 앵두처럼 붉은 요하네스베리 열매를 따다가 잼을 만들기도 했다. 아홉 남매 중 장녀로 자라 언제나 솔선수범이 몸에 밴 엄마는 하루 종일 쉬지도 않고 일을 했다.

이 부부는 넉넉지 않은 살림에도 불구하고 밥을 굶는 이웃 사람들에게 음식을 나누어주고, 지인들을 자주 식탁에 초대했다. 엄마는 고개 위에 있는 이 성을 방문한 사람들을 빈속으로 내려보내는 법이 없었다. 그래서 식사 때는 부엌이 늘 복작복작했다. 엄마는 방문객이 지인이든 아니든 상관하지 않고 정성을 다해 대접했다.

그러나 이따금 엄마가 귀한 달걀까지 이웃들에게 선뜻 나눠줄 때면 어린 남매들은 속이 상해 어쩔 줄 몰라 했다. 부활절에 계란을 나눠주는 풍습이라곤 전혀 없던 시절이었다.

"엄마, 우리도 먹고 싶은데 왜 다른 사람들한테만 줘요?"

입맛을 다시며 푸념을 터뜨려보지만 소용없다는 사실을 마리안느는 이미 알고 있었다. 엄마는 못 들은 척 말없이 달걀을 바구니에 담을 뿐이었다. 가진 것 중에서 가장 귀한 것을 나누라는 말을 그대로 실천하는 엄마의 속내를 아직은 이해하기 어려운 나이였다. 그러나 마리안느는 그런 엄마에게 커다란 존경심을 느꼈다.

손수 딴 여름 과일도 이웃과 나눠 먹었고, 가끔 산 아랫

31

동네로 내려가 양로원을 방문해 집에서 짠 우유를 선물하기도 했다. 마리안느 학급의 굶는 아이들을 위해서도 엄마는 여분의 도시락 빵을 더 싸주었다. 버터를 썼던 기름종이에 빵을 싸서 보내고, 그 종이는 다시 가져오게 해 재활용하는 건 물론이었다. 아버지도 농장 일로 눈코 뜰 새 없이 바쁜 와중에 시간을 쪼개 소방대원으로 봉사했다.

가족은 밤에도 한자리에 모여 다 같이 소리 내어 저녁 기도를 드려야만 잠자리에 들 수 있었다. 졸음에 못 이겨 꾸벅꾸벅 졸 때도 있었지만, 이른 아침 기도나 늦은 저녁 기도를 빼먹겠다고 떼를 쓰는 아이는 없었다. 다섯이 하나같이 순하고 착했던 아이들은 서로 다투는 일도 거의 없었다. 물론 아이들끼리 놀다가 서로 티격태격하는 경우가 아주 없진 않았다. 그럴 때마다 부모는 따끔하게 아이들을 혼냈다. 비록 큰소리로 호통을 치지는 않았지만 언제나 너그럽고 자애롭던 표정이 엄하게 굳어지는 것만으로도 효과는 컸다.

"잊지 마. 우린 가족이야. 가족이란 하나의 가슴, 하나의 영혼으로 이어져 있다는 뜻이야. 알겠니?"

마리안느의 부모는 이 말을 언제나 행동으로 보여주었다. 그 흔하다는 부부싸움조차 이 집에서는 다른 세상의 일이었다. 어떻게 그럴 수 있을까? 훗날 어른이 되어서도 마리안느는 부모님이 다투는 광경을 단 한 번도 본 적이 없다는 사실이 마냥 신기했다고 한다. 최소한의 미움과 갈등이 있어야 할 공간마저 빈틈없이 채워버린 사랑이야 말로 이들 가족의 든든한 보호막이었다.

시시때때로 공습이 이어지며 폭탄이 여기저기서 터지던 흉흉한 전쟁 통에도, 마리안느의 가족은 믿기지 않을 만큼 평화로운 집안 분위기를 유지했다.

엄마는 가끔 웃으며 옛일을 회상했다.

"얘들아, 들어보렴. 너희 외할머니는 이 엄마가 아직 외할머니 배 속에 있을 때 예루살렘으로 성지순례를 떠나셨단다. 배를 타고 도나우 강을 따라서 이곳저곳 다녔지. 긴 여행이었어. 나도 그때 기억이 날까 말까 하거든. 그러니까 세상에 나오기도 전에 제대로 순례를 했던 거야, 최연소 순례자였단 말이지, 이 엄마가."

아이들은 이 얘기를 몇 번이나 들어 잘 알고 있었지만, 들을 때마다 재미있어 했다.

아이들은 가끔씩 이렇게도 생각했다.

'그 성지순례는 정말로 특별했나 봐, 그래서 엄마가 늘 베푸는 사람이 된 거 아닐까?'

마리안느 부모의 이 특별하고도 숭고한 박애정신은 과연 어디에서 비롯된 것일까? 이런 질문이 떠오를 때마다 마리안느의 기억은 한때 같은 건물에 살았던 한 사제에게로 거슬러 오르곤 한다.

오스트리아 옛 영주의 성들이 흔히 그렇듯 마리안느가 사는 저택 안에도 작은 성당이 딸려 있었다. 성의 1층에는 마리안느 가족이 살고, 2층에는 빌헬름 스톨츠(Wilhelm F. Stoltz) 신부님이 살았다. 1913년에 서품을 받은 그는 신학생 때부터 30여 년간을 이 성에 상주해왔다.

가족들은 매일 식당 옆의 작은 성당에서 스톨츠 신부님이 집전하는 평일미사에 참석했다. 주말을 제외하면 이 집에 미사가 없는 날은 단 하루도 없었다. 식사를 같이 하지는 않았지만, 매일 저녁 기도와 묵주 기도를 함께 드리는 신부님은 그들에게 가족 이상의 존재였다. 신부님은 가끔 라틴어로 성무일도를 드리기도 했다. 독일어는 물론 영어, 프랑스어, 이탈리아어, 라틴어와 그리스어 등 7개 국어를 구사할 만큼 학식이 풍부했지만 신부님은 언제나 겸손하고 소탈했다.

일요일에는 가족 모두 마트라이 성당에서 미사를 드렸다. 아버지는 매주 금요일 저녁마다 성가대 연습에 참여했고, 일요일에는 항상 성가대석에서 노래를 불렀다. 처녀 시절에 성가대원이었던 어머니도 아버지와 함께 성가대에 서고 싶어 했지만, 대가족의 살림살이 때문에 연습에 참여하지 못할 때가 많았다.

빌헬름 스톨츠 신부님은 아이들을 무척이나 귀여워했다. 학교 숙제가 어려울 때면 마리안느 남매는 거리낌 없이 2층의 신부님에게 뛰어올라가곤 했다. 신부님은 어떤 질문에도 자상하게 대답해주었고, 숙제를 도와주며 독서 지도도 해주었다.

남매들은 자애로운 신부님과 지내면서 많은 것을 배웠지만 그보다 더 중요한 것들에 대해서는 직접적으로 느끼고 깨달을 수 있었다. 그리고 가끔 홀로 언덕 위에 서서 안경 너머로 말없이 하늘을 올려다보는 빌헬름 신부의 고요한 눈빛 속에서 아이들은 '평화'를 느낄 수 있었다.

어린 시절에는 신부님과 한집에 살고 매일 미사를 같이 드릴 수 있음을 당연하게 여겼지만, 훗날, 마리안느는 이분이야말로 살아 있는 성인이었다고 회고했다. 사제 빌헬름 스톨츠는 파울 스퇴거와 마리안나 스퇴거 그리고 둘 사이의 일곱 자녀로 이루어진 화목한 가정의 정신적인 지주였으리라.

그러나 마리안느가 열한 살 되던 1945년 4월, 2차 세계 대전이 끝나기 한 달 전에, 마을은 공군 비행기의 융단 폭격을 받았다. 연합군이 이탈리아 왕복 기차의 통행을 막기 위해 다리를 폭파한 것이다. 이때 성 주변으로 떨어진 폭탄이 무려 40여 개였다. 천만다행으로 가족 중에 변을 당한 사람은 없었다. 하지만 이 폭격으로 인해 마리안느는 팔이 부러지는 사고를 당하고 말았다. 자칫하면 목숨을 잃을 뻔한 아찔한 순간이었다.

이때부터 마리안느의 가족에게도 고난이 시작되었다. 부모는 이제 갓 9개월 된 막둥이 안토니아를 품에 안고 여섯 아이들과 함께 폐허가 된 집을 뒤로 한 채 피난을 떠났다. 고생 끝에 이들은 어느 식당에 딸린 방 두 개를 얻을 수 있었다. 이후 5년간 가족은 이곳에 머물렀다. 마리안느의 두 여동생 치타와 안나는 잠시 친척집에 맡겨졌고, 팔을 다친 마리안느는 깁스를 한 채 마트라이 해군병원에서 한 달 넘게 치료받았다.

그러나 어떤 고난 중에도 엄마와 아빠는 감사의 기도를 잊지 않았고 여전히 낙천적인 마음으로 없는 형편에도 이웃에게 끊임없이 작은 자선을 베풀며 콩 반쪽이라도 나누어 먹으려 애썼다. 마리안느의 부모에게 '나눔'이란 선택

사항이 아니라 존재의 방식이었다. 마리안느는 그런 부모에게서 훗날 자신의 삶을 관통하게 될 '헌신'의 영감을 고스란히 흡수하고 있었다.

또한 이러한 삶은 마리안느가 어린 시절을 회상할 때 '끔찍하고 암울한 전쟁으로 모두가 가난하고 어려웠지만, 마음만은 순수하고 행복했던 시기'로 기억하는 이유이기도 하다.

다른 세상을 보는 아이, 마가렛

***

눈에 띄게 예쁘게 생긴 작은 여자아이가 유모차를 끌고 있다. 어린 마가렛이 갈색의 고운 머리칼을 나풀대며 막내 동생 노르베르트를 유모차에 태운 채 산책하는 광경을 보면 누구나 웃지 않을 수 없었다.

"아유, 저기 마르기트 좀 봐요, 어쩜 저렇게 귀여울까."

"어린것이 참 기특하죠. 마르기트는 꼭 엄마처럼 동생을 보살피네."

갈색의 맑은 눈동자에 천진한 웃음을 지닌 마가렛은 어딜 가든 주변의 사랑을 듬뿍 받는 아이였다.

네 살 위의 오빠 테오도르와 세 살 위의 언니 트라우데하고도 잘 놀았지만, 마가렛은 유난히 막둥이를 세심하게 보살폈다. 동생의 머리를 쓰다듬어주거나 옷을 갈아입혀

주기도 했고, 업고 다니면서 자기가 들었던 옛날이야기를 속닥속닥 들려주는 모습이 무척 사랑스러웠다.

마가렛의 아버지인 한스 피사렉은 폴란드의 비엘스코비아와(Bielsko-Biała)에서 태어난 오스트리아 계 폴란드 인으로, 명망 있는 피사렉 가(家)는 가문의 문장도 가지고 있었다. 의사인 피사렉은 큰 병원을 운영했다. 아버지로서 자식 사랑이 유별났던 그는 네 자녀에게 일일이 애칭을 지어주기도 했다. 어린 마가렛을 볼 때마다 그는 활짝 웃으며 '나의 풍크트(punkt, 점이라는 뜻의 독일어)!'라고 불렀다. 작고 동그란 점처럼 귀여운 아이라는 뜻이었다.

마가렛의 어머니인 게르트루드 테인은 오스트리아의 인스브루크 출신이다. 은행에 다니던 처녀 시절, 폴란드에서 인스브루크로 유학을 온 젊은 의사 한스 피사렉을 만나 결혼한 뒤 전업주부로 병원 일을 내조하며 2남 2녀를 낳아 길렀다.

마가렛의 오빠와 언니는 오스트리아의 인스브루크, 막내 남동생은 폴란드의 포즈난(Poznań) 출생이다. 셋째인 마가렛은 1935년 6월 9일 일요일, 아버지의 고향인 폴란드의 비엘스코 비아와에서 태어났다. 각종 서류나 여권에 적힌 공식 이름은 '마르가리타(Margaritha)'였지만 식구들은 그녀를 마르기트라고 불렀다.

피사렉 가족이 살던 폴란드의 저택에는 여러 명의 가사도우미와 하인들이 북적였다. 집안은 유복한 편이었고, 평소 손님들이 많아 마가렛의 어머니는 늘 분주했다. 어머니가 아이들에게 집 근처 동물원의 입장권을 끊어주면 아이들은 자주 그곳에 몰려가 동물을 구경하며 놀았다. 또 이들은 주말이 되면 삼촌이나 이모와 같이 집 근처 호수에 몰려가 신나게 물놀이를 즐기기도 했다.

마리안느와 마찬가지로 마가렛의 집안도 모두 독실한 가톨릭 신자로 종교는 언제나 이 집의 중심에 놓여 있었다. 엄마는 어쩌다 아이들이 연락 없이 늦어도 전혀 불안해하지 않았다. 주변에서 걱정하는 소리가 들려도 엄마는 오히려 태연하게 말했다.

"걱정 마세요. 하느님께서 다 지켜주신답니다."

부모의 영향을 받아서인지 어린 마가렛은 유난히 신앙심이 깊었다. 첫 영성체를 받던 날 여덟 살의 마가렛은 무덤덤한 다른 아이들과 달리 감격에 가득 찬 표정으로 기도를 드렸다. 마가렛은 어린 시절부터 예수님을 친구 삼아 마음속으로 온갖 대화를 나누며 매우 친하게 지내는 아이였다.

왼쪽부터 8세 때의 마가렛, 노르베르트, 어머니, 트라우데 언니, 테오도르 오빠.
폴란드 포센에서

오른쪽 아래, 첫 영성체 날의 마가렛 (사진 제공_트라우데 피사렉 미코츠키)

그러나 마가렛의 가족 역시 2차 세계대전의 참화를 피해갈 수는 없었다. 소련군이 폴란드에 진군한 이후 집도 재산도 다 잃게 된 닥터 피사렉은 포즈난을 떠나야 했다.

가족은 결국 국경을 넘어 오스트리아의 티롤 주로 피난을 갔다. 외가인 인스브루크에도 연고가 있었지만 이들은 우선 아버지의 친척이 살고 있는 마트라이에 자리를 잡았다. 인스브루크보다 시골인데다 외진 편이라 공습으로부터 비교적 안전할 것이라는 판단에서였다. 하지만 이 예상은 곧 빗나갔다. 피해를 거의 입지 않은 인스부르크와는 달리 오히려 마트라이의 집이 폭격으로 무너지고 말았다.

마트라이에 있을 당시에 마가렛과 마리안느는 아직 서로를 만나지 못했다. 마트라이 초등학교의 새로운 전학생 마가렛은 배운 대로 정확한 표준 독일어를 구사했다. 선생님들은 이런 마가렛을 귀여워했지만, 같은 반 친구들 중 태반은 사투리를 썼기에 표준어를 알아듣지도 못했다, 그러다 보니 마가렛의 정확한 발음을 비웃으며 따돌리기 일쑤였다. 그중에 마가렛의 편을 들어준 친구가 있어 다행이었지만, 전학생 생활은 그리 순탄치만은 않았다.

이때의 영향 때문인지 마가렛은 학교생활을 그다지 좋아하지 않았다. 외국어에는 재능을 보였으나, 신학 서적을 제외하고는 특별히 독서에 심취하거나 학구적인 편이 아니었다. 스스로도 공부를 계속해야 하는 김나지움보다는 직업학교(Hauftsschule)를 택했다.

이듬해 피사렉 가족은 다시 인스브루크의 외갓집으로 옮겨왔지만, 큰 집에서 무려 13명의 친척들과 함께 살아야 했다. 마음이 넓고 관대한 마가렛의 아버지가 전쟁 통에 터전을 잃은 친척과 친지들을 이곳으로 불러들였던 것이다. 그래서 이 집은 항상 어른 아이 할 것 없이 사람으로 넘쳐나 북적였다. 이 집 앞으로는 차 한 대가 겨우 지나갈 만큼 좁은 흙길이 나 있었다. 차들도 거의 다니지 않던 시절이어서, 아이들은 종종 여기서 축구를 하거나 집 뒤쪽의 숲속을 누비며 뛰어놀았다. 당시 열 살이던 마가렛은 한국으로 떠나는 스물네 살 때까지 이곳에서 살았다.

마가렛이 신학과 철학에 눈을 뜨기 시작한 것은 열두 살 무렵이었다. 당시 아버지가 카니시아눔 인스브루크 (Canicianum Innsbruck. 예수회에서 세운 국제신학교)에서 진료를 했기에, 집에는 사제와 수도자들이 자주 드나들었다. 마가렛은 이들과 종교적인 주제로 즐겨 토론하곤 했다.

마가렛의 동생인 노르베르트의 증언에 의하면, 마가렛은 열네 살 때 특이한 종교적 체험을 했다고 한다. 일종의 계시나 신비체험을 경험한 것이다.

그녀는 예수 그리스도가 곧 재림할 거라는 메시지를 받았다. 이때부터 마가렛은 자신의 죽음이 임박해, 곧 이 세상을 떠날 거라고 생각했다. 그리고 멀지 않은 미래에 예수님을 만날 것이니, 그때까지 자신을 위해서가 아니라 다른 이들을 위해 희생하며 살아가겠다고 결심했다. 이때부터 마가렛은 누군가 세상을 떠나면, "왜 내가 아니고 저 사람이 먼저 가는 걸까?" 하고 중얼거리곤 했다. 그러나 자신에 관해 드러내어 말하기를 좋아하지 않고, 특히 신앙생활에 대해서는 비밀스럽게 침묵을 지키는 마가렛이었기에 더 이상의 자세한 사정은 알 수가 없다.

마가렛은 사춘기 무렵에도 이미 또래들의 치열한 관심사인 외모나 이성 교제 등에 흥미를 보이지 않았고, 틈만 나면 기도와 명상을 즐기는 특이한 소녀였다. 그녀가 지닌 인격의 핵심을 엿볼 수 있는 유일한 창문은 교회의 스테인드글라스가 아니었을까. 누구든 그녀의 마음으로 통하는 문을 열기 위해서는 믿음이라는 열쇠가 필요했을 것이다.

마가렛은 일찌감치 성소(聖召)를 받아들였고, '그리스도 왕 시녀회'(Handmaids of Christ the King. 라틴어로는 Ancillae

Christi Regis)'에 입회했다. 1차 세계대전 이후 1926년, 신앙의 재건을 목적으로 오스트리아의 엥겔하르트(L.Engelhart) 신부가 창립한 그리스도 왕 시녀회는 평신도 재속회(在俗會)이다. 일생을 독신과 청빈을 지키며 사제들을 돕고, 문자 그대로 그리스도의 시녀로 살겠다는 결심을 한 여성들이 입회한다. 이들은 2차 세계대전 중에 히틀러 치하에서 곤경에 처한 사제들을 도왔고, 지하전도와 함께 비밀리에 레지스탕스 운동에도 참여했다.

회원들은 독일어를 쓰는 오스트리아, 독일, 북이탈리아, 그리고 헝가리 인들로 구성되어 있었다. 지도 사제가 매우 엄격하게 입회 자격 심사를 했기에 입회자의 수는 많지 않았다. 그리스도 왕 시녀회에는 정해진 수도복이나 수도원 건물이 없다. 회원들은 개인적인 직업을 가지고 각자 생계를 꾸리며 살아간다. 그래서 이곳 회원들은 사실 수녀가 아니다. 13세부터 입회가 가능했기에, 마가렛은 14세라는 어린 나이에도 회원이 될 수 있었다. 마가렛이 먼저 인연을 맺은 시녀회에, 마리안느도 후에 입회하게 된다.

그리스도 왕 시녀회 소속의 간호사들은 도움이 필요한 외국으로 떠나 기꺼이 봉사했다. 이들은 '왼손이 하는 일을 오른손이 모르게 하라'는 말에 따라 순명과 겸손을 중시했다. 시녀회의 영성은 마리안느와 마가렛에게 적지 않은 영향을 주었다.

마가렛은 그리스도 왕 시녀회의 입회 이외에도, 온전한 수도자가 되고 싶어 관상 수도회인 가르멜 수도회(Order of Our Lady of Carmel)에 들어가기로 결심한다. 가르멜 수도회는 한 번 들어가면 다시 세상 밖으로 나올 수 없고, 침묵 속에 기도와 절식을 하며 그 안에서만 살아가는 봉쇄 수도원이다. 당시 인스브루크에 있는 작은 규모의 가르멜 수도원 안에는 몸이 아픈 수녀들도 여럿 있었다.

마가렛은 입회를 청했으나, 너무 어린 나이는 입회를 허락하지 않는 가르멜 수도회 규정 때문에 받아들여지지 않았다. 그러나 마가렛은 아쉬움 속에서도 희망을 버리지 않았고, 더 크면 꼭 가르멜 수도회에 가겠노라고 결심했다. 그녀는 아무에게도 이 계획을 이야기하지 않고 마음속에 간직했다.

마리안느와 마가렛의 운명적인 만남

*
*

    초등학교를 졸업한 마리안느는 가정 관리학의 여러 분야를 배우는 여성 직업학교(Hauswirtschaftsschule)에 진학하면서 앞날에 지대한 영향을 미치게 될 영감의 순간을 맞이하게 된다.

    1947년 5월 예수 승천 대축일, 마리안느는 마트라이 성당 주일미사에 참석했다. 오스트리아 출신으로 필리핀에 파견되어 선교활동을 하던 중에 잠시 휴가를 온 신부님이 특별히 세대 위에 올랐다. 마리안느의 대모(代母)인 마틸다의 친오빠이기도 한 신부님은, 이날의 독서인 사도행전을 바탕으로 강론을 시작했다.

    "왜 하늘을 쳐다보며 서 있기만 합니까? 세상으로 나아가세요! 나아가서 복음을 전하고, 이웃을 위해 사랑을 실천하세요."

한창 예민한 사춘기를 지나던 13세의 소녀 마리안느는 젊은 사제의 열정적인 강론에 큰 감동을 받았다. 마리안느의 마음 깊은 곳에서 작은 소망의 불길이 타오르기 시작한 것은 이때부터였다.

'나도 수녀가 되고 싶어. 그래서 신부님처럼 선교사로서 용기 있게 세상에 나아갈 수 있다면, 이웃을 위해 사랑을 전할 수 있다면 얼마나 좋을까!'

전쟁 직후의 시기라 음식과 물자가 풍족하지 않아 끼니를 굶지 않는다 해도 모두들 허약하던 시절이었다. 마리안느도 예외는 아니어서, 빼빼 마른데다가 체력도 약했다. 마리안느는 저도 모르게 한숨을 쉬었다.

'그런데 이렇게 비실비실해서 내가 뭘 제대로 할 수나 있을까.'

걱정도 되었지만 한편으로는 자신이 올바른 길을 걸어가게 되리라는 예감에 가슴이 뛰었다.

'기도해야지. 그게 무엇이든! 나도 복음을 전하면서 세상에 도움 되는 일을 할 수 있을 거야.'

마가렛이 그랬던 것처럼 마리안느 역시 이 결심을 꼭꼭 숨긴 채 가슴 깊이 간직했다.

마리안느에게 영감을 준 신부님은 훗날 고향으로 돌아오지 않았고, 파견지인 필리핀에서 세상을 떠나 그곳에 묻혔다.

한편 마가렛은 아버지의 병원에서 일하던 간호사가 갑자기 떠나는 바람에 일손을 거들게 되었다. 보수도 없는 임시 직원 자격이었지만 그녀는 헌신적으로 환자들을 돌보았다. 그리고 얼마 지나지 않아 자신의 적성을 어렴풋이 깨닫기 시작했다. 물론 육체적, 정신적으로 힘들고 어려운 때도 많았지만, 그녀는 고통 받는 환자들을 도와줄 때 명상에 잠기는 순간과 마찬가지로 참된 행복을 느꼈다.

마가렛이 병원에서 일하던 이 시기는 그녀의 장래에 커다란 영향을 미치게 될 전환기였다.

어느 날, 간호사 일을 돕기 위해 또 한 소녀가 병원을 찾아왔다. 예쁜 금발에 파란 눈을 가진 안경잡이 소녀였다.

"반가워. 난 마르기트라고 해. 넌 이름이 뭐니?"

"내 이름은 마리안느야."

열다섯 살의 마리안느와 열네 살의 마가렛, 각자의 방식으로 내면의 행복을 찾아가던 두 소녀는 이렇게 만났다.

"그래. 너희 집은 어디야?"

"마트라이."

"아, 우리 가족도 몇 년 전에 마트라이에 있었는데. 나 그때 전학 가서 거기 초등학교에 다녔어."

"정말? 그런데 왜 학교에서 널 못 봤을까?"

"내가 너보다 한 학년 아래였을 테니까."

"맞아, 네가 한 살 어리니까."

"우리 가족은 그때 폴란드에서 피난 왔었어."

"우리 학년에도 폴란드에서 온 친구 두 명이 있었어."

"그래?"

"응, 폴란드 말고 오스트리아 다른 지역이랑 독일 쪽에서도 우리 동네로 피난 온 사람들 많았어."

"그런데 하필 그 동네가 폭격을 맞다니."

"그러게 말이야, 오히려 도시인 인스부르크는 괜찮았는데……."

어린 나이답게 둘은 이내 친해져 까르르 웃으며 이야기 꽃을 피웠다.

두 친구는 방사선과에서 함께 일했다. 처음에는 청소부터 시작했지만 차차 검사실 가운을 입고 소변검사 등도 실습하면서 일을 배워나갔다. 이 병원에서는 초음파와 엑스레이 검사, 그리고 깁스 일을 제일 많이 했다.

병원에서의 일은 쉽지만은 않았다. 청소할 곳은 항상 넘쳐났고, 쉬는 날은 한 달에 한 번밖에 없어 일요일에도 똑같이 일해야 했다. 매일 저녁마다 깁스와 붕대 감기 같은 일들이 산더미처럼 쌓이는 통에 식사를 마친 뒤에도 쉴 틈이 없었다. 게다가 마리안느는 사감수녀와 함께 숙소에서 지냈고, 마가렛은 늘 자전거를 타고 집으로 퇴근해야 했기 때문에 둘은 더 친해질 겨를조차 없었다.

이 병원은 '십자가의 자비로운 수녀회'에서 운영하는 곳이었지만 일에 지친 견습생들에게 만큼은 '자비롭지 않은 수녀회'로 불리곤 했다.

당시에는 청소년들도 일찍부터 기술을 배워 직업 전선에 뛰어들었다. 마리안느의 막내 동생 안토니아만 해도, 눈썰미와 손재주가 좋아 어린 나이부터 재봉 일을 배운 뒤 마리안느를 비롯한 식구들의 옷을 철마다 만들어주었다.

마리안느와 마가렛이 서로에게 느낀 첫인상은 참 좋았다. 마가렛은 보기 좋게 통통한데다가 귀여운 인상으로 늘 주변의 사랑을 받는 매력 넘치는 친구였다. 그녀는 유쾌하면서도 다정다감한 특유의 분위기를 풍겼다. 하지만 마냥 부드러운 것만은 아니었다. 그녀는 매사에 호불호가 분명한 편이었고, 뭔가를 결정하고 나면 웬만해서는 뒤집

마가렛이 열여섯 살 때의 가족사진. 마가렛은 오른쪽에서 두 번째

지 않는 단호하고도 강단 있는 성격이었다.

안경을 낀 차분한 인상의 마리안느는 수줍음을 많이 타 사람들 앞에 잘 나서려 하지 않았지만, 자기 자리에서 묵묵히 제 할 일을 해내는 야무진 소녀였다. 날씬한 몸매에 맑고 파란 눈이 예쁜 그녀는 집안의 장녀답게 남의 얘기를 잘 들어주면서도 입이 무거워 형제자매나 친구들 사이에서 상담자 역할을 할 때가 많았다.

마리안느와 마가렛은 각자의 뚜렷한 개성만큼 비슷한 점도 많았다. 둘 다 낙천적이면서도 다소 내향적이었고, 튀는 행동을 싫어했으며 타인에 대한 험담은 더더욱 싫어했다. 그리고 정치적 이슈 따위에 무관심한 것도 비슷했다. 하지만 두 사람 사이의 가장 확실한 공통분모는 보다 깊은 곳에 있었다. 그들은 종교적인 성향이 같았고, 무엇보다 봉사에 대한 지향점이 같았다. 그런 점에서 두 사람을 잇는 인연의 끈은 세속을 벗어난, 보다 영적인 성격을 띠고 있었다.

그들의 관심사는 누구도 들여다볼 수 없는 내면의 풍경과 양심의 문제들에 닿아 있었다. 이를테면 헌신이나 희생 같은 이타적 가치들이야말로 두 사람의 공통된 화두였다.

세상에서 가장 작고 아픈 이들에게 도움을 주고 싶다는

열망, 남들에게는 너무 이상적이어서 비현실적으로 여겨지는 그런 생각들이야말로 두 사람에게는 진짜 현실이었다. 청소년기부터 자리 잡기 시작한 이들의 내적 동기들은 조금씩 행동으로 옮겨지고 있었다. 그런 점에서 간호사라는 직업은 이들이 발견한 천직일 수밖에 없었다.

하지만 발랄한 십대 중반에 처음 만났을 때만 하더라도 두 사람은 전혀 예상하지 못했다. 둘의 운명이 같은 곳을 향하고 있으리라고는. 더구나 듣도 보도 못한 아시아의 어느 머나먼 섬에서 함께 일생을 보내게 되리라고는.

마리안느의 가족사진. 앞줄 왼쪽부터 어머니, 안토니아, 올가, 아버지, 뒷줄 왼쪽부터 파울 오빠, 마리안느, 치타, 안나, 죠제프 오빠

간호학교 시절의 두 친구

***

1952년, 열여덟 살이 된 마리안느와 열일곱 소녀 마가
렛은 인스부르크 대학병원에서 운영하는 간호학교에 나
란히 입학했다. 교수 수녀님이 다섯 분이고, 동료들은 서
른세 명이었다. 마리안느와 마가렛을 포함해 열두 명이
기숙사의 한방에서 지내며 단체생활을 해야 했다. 마가렛
의 언니, 트라우데도 이들과 함께 입학해 역시 같은 방에
서 기거했다.

마리안느는 트라우데와도 이내 친해졌다. 동생보다 훨
씬 외향적인데다가 흥이 많아 엉뚱한 구석도 있고, 그림
도 잘 그리는 트라우데 역시 또래들 사이에서 인기가 좋
았다. 여자 기숙사는 남자들의 출입이 금지되었지만 막내
동생인 노르베르트는 스스럼없이 들어와 누나들을 만날

수 있었다. 마가렛 자매가 워낙 말썽 없이 잘 지낸 탓에 열쇠 담당인 보좌신부의 신임을 얻은 덕분이었다.

젊은 혈기가 넘치는 한창때 나이의 소녀들이 엄격한 기숙사 생활을 하려니 좀이 쑤시는 것도 당연했다. 마리안느와 마가렛은 언제나 얌전한 편이었지만, 부산스럽게 떠들거나 왔다 갔다 하는 친구들 때문에 밤잠을 설치는 날이 부지기수였다.

낮에는 간호사들과 함께 인스부르크 대학병원에서 실습과 근무를 겸할 수 있어 늘 배울 것이 넘쳐났다. 게다가 야간 당직 당번도 있어, 간호학교 생활은 두 친구에게 쉴 틈 없는 나날의 연속이었다. 특히 야간 당직은 익숙해질 때까지 체력적으로 쉽지 않았다. 당시 병원에는 이비인후과, 소아과, 내과, 감염내과, 외과, 산부인과, 치과 등이 있었고 그중 정신과는 야간 당직이 많았다.

그 바쁜 일정 중에 어쩌다 쉬는 날이 생기면 조금은 호젓하고 여유롭게 쉬고 싶은 마음이 컸지만, 한방에서 많은 사람들과 생활하며 부대껴야 하는 환경에서는 그마저도 쉽지 않았다.

물론 두 친구는 학교생활을 통해 간호 기술과 앞으로의 간호사 생활에 금과옥조가 될 귀중한 지침들을 얻고 익힐

수 있었다. 특히 산부인과의 책임자로 있던 피르미니아 수녀님은 참으로 좋은 스승이었다.

"간호사는 절대로 병을 무서워해서는 안 됩니다. 환자의 징후가 좋지 않거나 병에 전염성이 있다 해도 두려워하지 마세요. 간호사가 전염을 두려워하면 어떻게 되겠습니까? 어떤 질병이든 처치에 최선을 다하는 일이 우리의 임무입니다. 그리고 여러분은 환자를 부모 형제나 가족, 친한 친구라고 생각하고 대해야 합니다. 그분들도 누군가의 부모 형제고 친구랍니다. 또한 모든 환자를 차별 없이 똑같이 대해야 합니다."

피르미니아 수녀님은 학생들에게 현장에서의 실무 기술뿐 아니라 간호사의 태도, 나아가 치유자의 영성에 관한 잊지 못할 가르침을 주었다.

그리고 일주일에 한 번, 신학을 배우는 시간이 있었다. 담당 신부님이 『성인전』을 비롯한 좋은 책들을 많이 추천해 주었다. 마리안느와 마가렛은 이 사제를 통해 난생 처음 '한국'이라는 나라의 이름을 알게 되었다. 신부님이 당시 벌어지고 있던 한국전쟁 이야기를 들려준 것이다.

쉴 새 없이 이어지는 병원 실습 때문에 책 읽을 시간이 많지 않았지만, 마리안느와 마가렛은 어쩌다가 야간 당직

간호학교 시절의 마가렛

1959년 프랑스 루르드에서, 마가렛과 마리안느.
오른편의 안경 낀 쪽이 마리안느다.

을 쉬는 날 밤이면 시간을 쪼개어 성인들의 전기를 읽곤했다. 형편이 넉넉지 못해서 사서 읽지는 못하고 책을 빌려서 함께 돌려보았다.

두 사람은 특히 가르멜 수도원을 창시한 아빌라의 데레사 성녀를 좋아했다. 또 성녀 소화 데레사 자서전, 다미안 성인의 전기도 읽었다.

벨기에의 다미안 신부(Father Damien, 1840-1889)는 하와이의 몰로카이 섬에서 사람들에게 철저히 버림받은 한센인들과 함께 숙식하며 그들을 도왔다. 열악한 환경에서 지내다가 결국 본인도 한센병에 걸리지만, 죽는 날까지 봉사하다가 환자들 곁에서 세상을 떠난 위대한 성인이다.

1954년, 열아홉 살이 된 마리안느도 마가렛의 영향으로 그리스도 왕 시녀회에 입회한다. 그리고 같은 해 마가렛은 그리스도 왕 시녀회의 종신서원(終身誓願)을 한다. 마가렛은 늘 그랬듯이 이 서원에 대해서도 가족들에게 이야기하지 않았다.

앞서 언급했듯 그리스도 왕 시녀회는 평신도 재속회이므로, 입회를 통해 마리안느가 수녀가 된 것은 아니었다. 하지만 앞으로 간호사가 되든 정식 수녀원에 들어가든, 마리안느는 마가렛과 마찬가지로 결혼을 하지 않고 독신으로 살아갈 것을 맹세한 것이다. 두 친구는 어려운 이들을 위해 자신들의 남은 삶을 온전히 헌신하고 싶어, 가족을 갖지 않겠다고 결심한 것이다.

이듬해 두 사람은 나란히 나이팅게일 선서를 하고 인스부르크 간호학교를 졸업해 간호사 자격증을 따게 된다.

소명

***

    간호학교 졸업 후 마리안느는 곧바로 인스부르크 대학병원에 취직하여 이비인후과에서 일하게 되었다. 한편 마가렛은 트라우데 언니와 함께 늘 동경하던 비엔나로 떠나 그곳 아동병원에서 1년간 간호사로 근무하기도 했다. 트라우데 언니에게 남자친구가 생긴 것도 이 무렵이었다. 마가렛이 평소에 알고 지내던 젊고 유능한 의사 게오르그 미코츠키(Georg Mikocki)를 트라우데에게 소개해준 덕분이었다.

    영화관도 별다른 유흥 시설도 없었고, 그 나이 또래 여자들이 맥주 집이나 바에 가는 일도 드물던 시절이었다. 젊은 의사는 데이트할 때 트라우데를 오페라 하우스로 데리고 나가 오페라나 콘서트를 보여주었고, 여기 가끔 마가렛이 합류하곤 했다.

얼마 후 트라우데가 미코츠키 의사와 결혼하게 되자 마가렛의 작은 방에 침대 하나가 비게 되었다. 이제 그 침대의 주인이 될 사람은 마리안느였다. 마리안느는 그곳으로 들어가 마가렛과 함께 지내며 15분 거리에 있는 병원으로 출퇴근하기 시작했다.

때때로 야간 당직이 있는데다가 하루에 12시간에서 15시간씩 근무해야 하는 병원 생활이 워낙 바빴으므로, 마리안느는 집에 들어온 후 잠만 자고 나갈 때도 많았다. 마가렛의 어머니는 딸 하나가 시집가자 다른 딸이 생겼다며, 그 집에 머물던 몇 년 동안 마리안느를 친딸처럼 아끼고 사랑해주었다.

마가렛의 아버지인 닥터 피사렉은 집안의 재정 상황에 대해서는 무관심했으므로, 처녀시절 은행에 다니던 어머니가 수완을 발휘해 늘 절약하며 알뜰살뜰 큰살림을 꾸려나갔다. 마가렛은 자신이 성격이든 외모든 모든 면에서 어머니를 닮았다고 생각했다. 하지만 경제관념만큼은 어머니에게서 물려받지 못한 듯했다. 그녀는 돈이 어떻게 들어오고 나가는지에 대한 감각도 관심도 전혀 없었으며, 이런 습관은 평생 고쳐지지 않았다.

닥터 피사렉은 지적인 동시에 대단히 유쾌하고, 유머감 각과 장난기가 넘치는 사람이었다. 그의 위트 있는 농담 에 사람들은 종종 배꼽을 잡고 웃곤 했다. 그가 마리안느 에게 평소에 하던 짓궂은 농담을 건네면, 수줍음이 많은 마리안느는 얼굴이 빨개져 울먹일 때도 있었다.

이 무렵, 동양의 어느 가난한 나라에서 간호사를 구한 다는 소식이 들려왔다. 당시 한국의 경상북도 왜관에 위 치한 한센인 마을에는 전문 의료 인력이 턱없이 부족했 다. 그리하여 이곳에서 봉사 중이던 오스트리아 사제가 고국의 유능한 간호사들에게 도움을 요청했던 것이다.

그리스도 왕 시녀회 회원인 또 다른 간호사 에미 크 룸슈나벨(Emmy Krummschnabel)과 율리안나 버섯(Juliana Borsert)이 먼저 자원했다. 그러나 그리스도 왕 시녀회의 지도신부는 적어도 세 사람 이상이 한 팀을 이루어야 파 견을 허락할 수 있다고 했다. 두 사람이 일하다가 만약 하 나가 아프기라도 하면 다른 한 사람은 동료를 돌봐주어야 하니, 환자들을 보살필 또 다른 인원이 필요하다는 판단 이었다. 지도신부는 마가렛을 지목하여, 한국행에 대해 생 각해보라고 권유했다.

간호학교 시절의 마가렛과 언니 트라우데

인스부르크 대학병원에서 간호사로 일하던 시절.
제일 오른쪽이 마리안느

처음부터 자원할 생각은 없었지만 신부의 제안을 듣고 나서 마가렛은 자신의 소명에 대해 숙고하는 시간을 갖게 되었다. 여느 때처럼 십자가 앞에 홀로 앉아 기도하는 그녀의 눈앞에 하나의 길이 보이는 듯했다.

아주 좁은 길이었다.

'간호사란 고통 받는 환자들을 돌봐주는 직업을 가진 사람이다. 그렇다면 그중에서도 가장 아픈 이와 함께 하는 이가 진정한 간호사겠지.'

명상에 잠기는 시간이 길어질수록 마가렛의 마음은 점점 어느 한 곳을 향해 나아가고 있었다. 저 멀리 아시아의 동쪽 끝에 있다는 한국, 너무도 낯선 그 나라가 자꾸만 그녀의 의식 속으로 들어오는 것이었다. 마가렛은 전후의 폐허 속에서 고통 받는 사람들을 떠올리며 조용히, 그러나 단호하게 마음을 정했다.

'그래, 가는 거야!'

한국행을 자원한 간호사는 마가렛을 포함하여 에미, 그리고 율리안나까지 모두 세 사람이었다. 마리안느도 지원했지만 받아들여지지 않았다. 당시 마리안느의 몸무게는 50킬로그램이 채 되지 않을 만큼 마른데다 체력도 약한 편이었다. 그런 몸으로 머나먼 타지에서 봉사활동을 하기

엔 무리라며 지도신부는 끝내 허락하지 않았다.

마리안느는 병원에 6개월의 장기 휴가를 신청하고 영국의 이스트본(Eastborn)에 위치한 호텔에서 반년 동안 청소와 서빙 아르바이트를 하기로 결심한다. 그녀는 원래 영어도 배울 겸, 영국의 병원을 찾아 간호사 일을 하려 했다. 그런데 당시 영국은 오스트리아의 간호사 자격증을 인정하지 않아 호텔 근무로 계획을 변경할 수밖에 없었다.

마리안느는 고국을 떠나 외국에서 노동을 하면서 타지 생활이 가능한지 아닌지, 내심 자신의 능력을 시험해보고 싶었다. 호텔이 숙식을 제공했으나 급여는 아주 작았고, 그나마 팁이 있어 다행이었다. 그녀는 이 기회에 영어를 배워둘 계획이었지만 여름방학 시즌이라 문을 연 학교가 없었다. 대신 손님들과 자주 대화를 나누며 조금씩 말을 익혔다. 새벽부터 모닝콜 서비스와 룸서비스, 청소와 허드렛일 등으로 시작해 쉴 새 없이 이 층 저 층 옮겨 다니며 일했고, 밤에는 곯아떨어지는 노동의 나날이 이어졌다.

아침에 룸서비스를 할 때면, 침대에 누워 있는 손님들이 혼자 힘으로 식당에 가지 못하는 병실의 환자들과 비슷하게 느껴졌다. 그래서 침대로 음식을 가져다주거나 손님들의 심부름을 하는 일이 싫거나 어렵지만은 않았다.

호텔을 병원이라 생각하고 일하는 건 마리안느만의 은밀한 즐거움이었다. 이 기간을 무사히 마치고 나자 마리안느는 체력적으로 더 강해졌음을 느꼈고, 이제는 외국에서도 충분히 환자들을 감당할 수 있겠다는 자신감을 얻게 되었다.

마가렛도 거침없이 세상을 향해 나아가고 있었다.

1959년 여름, 마가렛은 당시 유럽에서 유일한 한센인 정착촌이던 프랑스의 오트레슈(Autreche)로 떠나 6개월간 봉사하며 의료 지식과 경험을 쌓았다. 이미 유럽은 한센병을 거의 극복한 상황이었다. 한센병은 나균(癩菌)에 의한 감염증으로, 나균이 피부와 말초신경계, 상부 기도를 침범하여 병증을 일으키는 만성 전염성 질환이다. 현재는 발병한다 해도 치료약을 복용하면 길어도 3주 안에 전염력이 완전히 사라지는, 사실상 사멸 과정에 있는 질병이지만 당시에 한센병은 빈곤하고 위생환경이 열악한 나라를 중심으로 만연해 있었다.

작은 마을 공동체인 오트레슈에는 주로 아프리카 식민지 출신의 흑인 환자들과 함께 시각장애인, 지체장애인들이 모여 있었다.

전후 오스트리아가 연합군에게 점령당했던 시절, 인스부르크는 프랑스 군의 관할 하에 있었기에 마가렛은 프랑스어를 익혔었다. 그녀는 오트레슈에서 봉사하던 이 시기, 어린 시절에 배운 프랑스어를 더욱 더 자유롭게 구사할 수 있게 되었다. 그녀는 파리에 왔다가 이곳을 방문한 한국의 가톨릭 사제 김수환과도 조우한다. 사제 김수환은 훗날 한국 최초의 추기경이 된다.

마리안느와 마가렛이 먼 바다를 건널 시간도 점점 다가오고 있었다.

마가렛의 아버지는 인스브루크 국제신학교의 담당의로 봉사 중이었을 뿐 아니라, 각국에서 온 가난한 신학생들을 개인적으로 무료 진료해주거나 이발비 등을 지원해주기도 했다. 이해심이 많고 너그러운 피사렉 부부는 신학생들 사이에서도 신망이 높았다.

마가렛이 한국으로 떠나기 얼마 진, 신학교 사상 최초로 한국인 신학생이 유학을 왔다. 그는 바로 후에 주교가될 장익 신학생이었다.

그때까지 한국인을 한 번도 만난 적이 없던 피사렉 부부는 궁금한 마음에 장익 신학생을 저녁식사에 초대했다.

69

타지에서 공부를 시작하며 아는 사람 하나 없이 외롭던 그는 두 부부의 따뜻한 환대에 큰 위로를 받았고, 그날 이후 이 집 식구들과 막역한 사이가 된다. 장익 신학생은 단기간에 표준 독일어는 물론 사투리까지 모두 마스터하고, 그외 다른 언어도 금방 습득하는 등 다방면의 재능으로 피사렉 부부를 놀라게 했다.

피사렉 부부는 마가렛이 한국으로 떠난 뒤에도 장익 신학생을 종종 집에 초대해 식사를 대접하며 친아들처럼 대해주었다. 그는 이후 마트라이의 마리안느 집에도 방문해, 이 집 식구들과도 돈독한 우정을 쌓아갔다.

마가렛의 가족들은 당연히, 한국이 어디에 있는 나라인지 무척 궁금했다. 마가렛은 지도를 펼쳐서 가족들에게 보여주며 설명했다.

"자 보세요. 여기가 유럽 대륙이고, 여기가 우리나라잖아요. 이게 대서양, 이건 태평양. 이렇게 건너가서 여기가 한국이랍니다."

"이게 중국이고. 그렇지, 여기가 한국이란 말이지."

"마가렛, 그럼 배 타고 가는 거야?"

"아뇨, 비행기로 가요."

"그렇겠지, 배를 타면 시간이 끝도 없이 걸릴 테니……."

부모의 질문도 끝없이 이어졌다.

"가는 데는 얼마나 걸려?"

"2박 3일이요. 중간에 내려서 기다렸다 갈아타야 해요. 항로도 복잡해서 북극도 지나가고."

이미 프랑스의 한센인 정착촌으로 반년 동안 훌쩍 떠났다 돌아온 딸의 성향을 잘 알고 있는 피사렉 부부에게, 이번 파견이 대단히 놀라운 소식은 아니었다. 부모는 아프리카나 다른 오지로 떠나는 선교사들을 많이 보기도 했다. 이들은 단 한 순간도, 사랑스런 셋째 딸의 용감한 도전에 반대한 적이 없다.

당시 일반인들 사이에서는 한센병의 전염성에 대해 걱정하는 분위기가 있었지만, 의사 집안인 피사렉 가족들은 건강한 사람에게는 이 병이 옮지 않는다는 사실을 잘 알고 있었다.

부모는 기약 없는 이별도 두려워하지 않았다. 지구 반대편, 멀고 먼 나라로 훌쩍 떠나려는 딸을 붙잡지는 못하더라도 '꼭 가야만 하겠니?' 하고 한 마디쯤 던질 법도 한데 피사렉 부부는 차라리 눈을 감고 기도를 드릴 따름이었다. 딸의 선택은 번복할 수 있는 일이 아니라는 것을 부부는 잘 알고 있었다. 그것은 딸의 소명이기 때문이었다.

그래서 부모로서의 모든 감정을 가슴에 묻어두고, 오로지 딸의 앞길을 축복할 수밖에 없었다. 그리고 딸의 결정을 자랑스러워하며, 평소에도 늘 드리던 기도를 이제는 조금 더 길게 드릴 뿐이었다. 딸과 함께 떠나는 두 젊은 동료 간호사들을 위한 기도도 잊지 않았다.

'주여, 이제 이들은 코레아로 떠납니다.'

코레아, 발음조차 생소한 나라였다. 같은 민족끼리 전쟁을 치렀고, 너무도 많은 피를 흘렸으며 국가를 떠받치던 모든 시설과 체제가 무너진, 그야말로 지구상 최빈국 중 하나였다. 유럽인들은 한국이라는 나라의 존재를 전혀 몰랐고, 어쩌다 누군가 그 이름을 들어봤다 해도 끔찍한 전쟁과 기아, 그리고 불쌍한 전쟁고아를 연상할 뿐이었다. 마가렛은 바로 그 나라로 가는 것이다. 그 중에서도 아마 가장 열악한 한센인들의 마을에.

마가렛은 대단한 일을 하러 떠난다고는 전혀 생각지 않았기에, 한국행에 대해 칭송의 말을 들을 때마다 매우 어색하고 불편해했다.

"전 평범한 간호사예요, 간호사로 파견되어 일을 할 뿐

인데 그런 칭찬은 가당치도 않아요."

이 한결같은 대답은 비단 마가렛만의 진심은 아니었다. 마리안느도 그리스도 왕 시녀회 소속의 다른 회원들도, 모두 이와 비슷한 생각과 태도를 지니고 있었다. 짐을 싸고 주변을 정리하는 마가렛의 태도 어디에서도 비장하거나 결연한 모습은 찾아볼 수 없었다.

마가렛의 부모는 사랑하는 딸을 기꺼이, 가장 고통 받는 이들을 위해 신께 바쳤다. 부부가 함께 늘 기도를 드리는 제단 위의 촛불은 남몰래 흐르는 눈물 사이로 아른거리며 눈부시게 타올랐다.

스물네 살의 마가렛은 드디어 문을 열고 그 좁은 길로 한걸음 들어섰다.

한국을 선택한 이방의 간호사들

***

1959년 12월 19일 토요일, 마가렛은 에미, 율리안나와 함께 난생 처음 한국 땅을 밟았다. 어디로 가야 하고 무엇을 하게 될지는 이미 결정되어 있었다. 그리스도 왕 시녀회 회원들은 언제나 모든 일을 자신이 계획하는 것이 아니라 그저 묵묵히 소명에 따른다. 그들은 믿음 안에서는 순응이야말로 가장 능동적인 태도라 여겼다.

마가렛과 마리안느는 서로 성격이 잘 맞고 절친한 친구 사이기는 하지만 꼭 같은 곳에서 함께 일하기를 원했던 것은 아니었다. 지금처럼 다른 동료들과 일을 해야 하는 상황이면 그녀들은 또 평생 그 길을 따랐을 것이다. 이들은 그저 흘러가는 대로 자연스레 몸을 맡길 뿐이었다.

세 간호사는 경북 왜관의 베네딕도 수도원 근처에 있던

한센인 정착촌 베타니아 원에 도착했다. 당시 이곳에는 60가구 정도의 한센인 가족들이 모여 살고 있었다.

낯선 한국에서의 생활이 이들에게 고생스러운 것은 당연했다. 우선 언어가 통하지 않아 많이 힘들었다. 마가렛은 간단한 인사말 외에는 아는 말이 전혀 없었다. 그러나 그녀는 조바심 내지 않고 못 알아들으면 못 알아듣는 대로, 웃음으로 대꾸하며 묵묵히 일했다. 마가렛은 아이들과 놀아주면서 천천히 한국말을 익혔다.

당시 한국의 시골은 말할 수 없이 가난했다. 어디나 굶는 사람들 천지였고, 오스트리아 부인회로부터 이곳으로 지원금이 오는데도 간호사들에게 생계비 조달이 잘 되지 않아 무척 고생스러웠다.

그 무렵 전주에 있는 또 다른 한센인 마을인 동혜원에서도 시약소(施藥所) 운영을 위해 유럽의 그리스도 왕 시녀회에 간호사들을 청해, 마가렛 일행은 곧 그곳으로 옮겨 가게 되었다.

전주 성모병원에 적을 두고 근무하면서 간호사들끼리 순번을 정해 교대로 고창의 동혜원으로 파견 나가 봉사하는 생활이었다. 비록 힘든 나날이었지만 마가렛은 주어진 삶에 감사하며 하루하루 기쁘게 일했다. 그런데 그녀에게는 아직까지도 수련기를 지나지 않았다는 느낌이 남아 있었다.

그녀는 여전히 최선을 다해 환자들을 돌보았지만, 언제부터인지 마음속에 다른 열망의 그림자가 아른거림을 느꼈다. 그녀는 기도와 명상 중에 다시 자신의 내면을 들여다보기 시작했다. 그러자 어렸을 때부터 동경해온, 속세와 철저하게 유리된 봉쇄 수도원이 떠올랐다. 침묵과 고독의 벽 안에 자유로이 갇혀 온전히 관상(觀想)과 기도만으로 살아가는 삶. 그 끝에 가르멜 수녀원이 있었다.

마가렛은 또 다른 간호사 필로메나가 합류해 동료들의 인원이 3명을 넘어서자, 가르멜 수녀원이 있는 서울로 올라갔다. 당시 이곳의 수도원장은 프랑스인이었다. 마가렛은 입회를 청했고 면담 후 입회가 허락되어 모든 것을 뒤로 한 채 1961년 9월, 혜화동에 있는 가르멜 수녀원에 들어갔다.

이 결정을 앞두고 마가렛은 고국의 부모님께 편지를 보내 허락을 구했다. 이역만리 타국으로 떠난 딸이 휴가 한번 오지 않고, 오히려 평생 다시 나올 수 없는 봉쇄 수도원으로 들어간다는 말에 부모는 어떤 대답을 보내왔을까?

'네가 그곳을 마음에 들어 한다니 정말 다행이구나.'

전주 고창 동혜원

마가렛의 한국어 연습 노트 (사진 제공_트라우데 피사렉 미코츠키)

가르멜 수녀원 시절의 마가렛

보통의 부모였다면 딸의 얼굴을 더 보고 싶어서라도, 가르멜 수녀원은 인스부르크에도 있으니 돌아와서 다시 생각해보는 게 어떻겠냐고 권유할 수도 있었을 것이다. 그러나 마가렛의 어머니와 아버지는 자식이 진정한 자신만의 소명을 향해 두 날개를 펼치고 훨훨 날아갈 수 있도록 완전한 자유의 바다에 이미 그녀를 날려 보내준 후였다.

'우리는 네가 정말 자랑스럽단다. 그러니 이곳 일은 걱정하지 말고 너의 길을 걸어가렴.'

마가렛의 부모는 변함없이 딸의 앞길을 축복해주었다.

같은 시간, 여전히 인스부르크 대학병원에서 바쁘게 일하던 마리안느의 머릿속에서는 같은 회 소속의 간호사들이 이미 떠나 있는 머나먼 이국땅에 대한 생각이 끊이지 않았다. 꼭 한국이 아니어도 좋으니 자신의 도움을 필요로 하는 타지로 나가 봉사하고 싶다는 생각은 그녀 안에서 날로 커져만 갔다. 그러나 이 역시 자신이 원한다고 해서 이루어질 수 있는 일은 아님을, 마리안느는 잘 알고 있었다.

어느 날 마가렛이 간호사 생활을 뒤로 한 채 한국에 있는 봉쇄 수녀원에 들어갔다는 소식이 들려왔다. 다소 놀라운 소식이기도 했지만 이해할 수 있었다.

마리안느의 마음속에서 친구를 위한 기도가 절로 흘러나왔다. 이제 어쩌면 다시 볼 수 없을지도 모를 친구였다. 어느새 모두 자신만의 길을 걸어가고 있었다.

얼마 안 있어, 이번에는 한국의 다른 한센인 정착촌에서 봉사할 간호사들을 구한다는 이야기가 그녀에게 들려왔다. '소록도'라는 이름의 섬이라고 했다.

당시 광주 대교구장이던 미국인 현 해롤드 대주교(Harold Henry S.C.C.)가 오스트리아의 대주교에게 소록도를 위한 간호 인력을 청한 것이다. 마리안느는 지체 없이 소록도에 가겠다고 자원했고, 이번에는 곧 허락이 떨어졌다. 또 다른 간호사 월마 슈테머(Wilma Stemmer)도 그녀와 함께 소록도로 떠나게 되었다.

마리안느는 한국으로 파견되기 직전, 프랑스 파리의 '파스퇴르 연구소(Institut Pasteur)'에서 보름 동안 연수를 받았다. 쇼쉬농 박사의 지도를 받으며 현미경으로 나균(癩菌)을 관찰하는 등 한센병에 관한 전문적인 지식을 익혔다. 쇼쉬농 박사는 자신을 비롯한 의료진들이 아프리카에서 맨손으로 한센병 환자들을 치료했지만, 누구에게도 나균이 옮지 않았다는 사실을 그녀에게 알려주었다.

주말에는 그녀 역시 예전에 마가렛이 일했던 오트레슈의 한센인 정착촌을 방문하여 환자들을 만나보기도 했다. 프랑스에서의 연수는 그녀에게 꽤 알찬 경험이었다.

집으로 돌아온 마리안느는 곧 주변을 정리하고 짐을 싸기 시작했다.

그러나 맏딸을 이역만리 타국으로 보내야 하는 마리안느 가족의 사정은 조금 달랐다. 마트라이는 인스부르크에 비해 시골이었다. 물론 가족들 간의 관계는 두 집 모두 더할 나위 없이 좋은 편이었지만, 전통적인 농가인 스퇴거 집안 사람들은 도시적이고 다소 개인적인 피사렉 가문의 일원보다는 조금 더 정이 많고 끈끈한 가족관계를 형성하고 있었다.

마리안느는 부모님께 언제나 더할 나위 없이 믿음직한 맏딸이었고, 두 오빠와 네 명의 여동생도 그녀를 의지하고 있었다. 여동생들은 평소 과묵한 마리안느에게 말 못할 고민을 모두 털어놓곤 했다. 그런 그녀가 이름도 처음 듣는 동양의 멀고 먼 섬으로 떠난다는 사실에 가족들은 많이 놀라고 서운해 했다.

"잘못해서 한센병에 옮기라도 하면 어떡하니?"

부모는 이만저만 걱정이 아니었다.

"그렇지 않아요. 잘못 알려진 거예요. 한센병은 건강한 사람에게는 옮지 않아요."

마리안느는 지금까지 한센병을 치료했던 세계의 모든 의료진을 통틀어, 다미안 신부를 제외하고는 병에 옮은 사람이 없다는 사실을 재차 알려주며 식구들을 안심시켰다.

마리안느의 어머니와 아버지는 평소에 자식들이 무엇을 잘해도 칭찬하는 성격이 아니었다. 앞서 말했듯 형제간에 다툴 때를 제외하고는 꾸중도 하지 않고, 자식들이 하고 싶어 하는 일에 반대하는 법이 없는 다소 무덤덤한 유형의 부모들이었다. 언제나 아이들의 자유를 존중해온 스퇴거 부부는 이번에도 마찬가지로 마리안느가 가는 길을 막을 생각은 추호도 없었다. 그러나 딸이 막상 그곳이 도대체 어디인지 감도 잡히지 않는 먼 나라로 떠날 날이 하루하루 다가오자, 부모님의 가슴은 아파오기 시작했다.

"마리안느, 네가 일생을 어려운 이들을 돌보면서 살고자 한다면 우리는 그저 그토록 장한 마음을 너에게 심어주신 하느님께 감사할 뿐이란다. 그렇지만 너무 먼 곳으로 떠나는 건 마음이 아프구나."

"그래, 마니, 아빠 엄마 말도 좀 들어보렴. 여기만 해도 둘러보면 아프고 배고프고 도움의 손길을 필요로 하는 사람들 천지란다. 그건 병원에 있는 네가 더 잘 알 거다. 그러니 봉사는 국내에서도 할 수 있지 않겠니?"

당시의 전후 오스트리아가 가난한 것은 사실이었고, 그곳 사람들도 역시 힘든 시기를 보내고 있었다. 2차 세계대전의 패전국인 오스트리아를 네 개의 지역으로 분할 통치하던 연합군과 소련군이 물러간 것이 불과 7년 전인 1955년의 일이다. 그 이후로도 나라 곳곳은 아직까지 전쟁의 상처가 남긴 후유증으로 신음하고 있었다.

그러나 마리안느는 부모님의 간절한 말에 대답하지 않고 부드럽게 미소 지을 뿐이었다. 평생을 농사일을 하며 정직하게 살아온 선량한 부모님의 눈에 끝내 눈물이 맺히고, 굵어진 손마디로 그 눈물을 닦아내는 모습을 보는 마리안느의 가슴도 저려왔다.

그러나 스뵈거 부부는 어느 순간 느낄 수 있었다. 스물일곱 살이 된 딸은 바다를 건너 홀로 그 어떤 곳으로도 날아갈 수 있을 만큼 튼튼한 날개를 지닌 커다란 독수리로 자라나 있다는 것을, 그리고 그녀의 소명을 누구도 거역할 수 없다는 사실을……

마음의 결정은 이제 부부의 몫이었다. 차마 받아들일

수 없었던 이별이 어느새 현실로 느껴지자 이 선량한 부부는 가슴을 쓸어내리며 눈물을 참아야 했다. 그리고 긴 한숨과 함께 모든 염려를 떨어버리며 천천히 일어나 딸을 꼭 안아주었다. 부모가 할 수 있는 유일한 일이자 가장 가슴 아픈 일이었다.

"그래! 가야 한다면 가야지. 아마도 우리나라보다는 그곳 사람들이 너를 더 필요로 하는가 보구나. 참으로 대견하다, 우리 딸. 너는 우리의 행복이란다."

"너의 희생으로 하느님께서 우리 모두에게 헤아릴 수 없는 은총을 내려주실 거야. 부디 건강해야 한다. 알겠지? 자주 편지하고 어려운 일 있으면 반드시 알려주렴."

인스브루크에서는 티롤 주교단이 주최하는 송별식이 열렸다. 이 날 부모님은 집에 남아 있었고, 마리안느와 형제자매들은 마트라이 역에서 기차를 타고 인스부르크로 갔다. 환송회장에는 100명쯤 되는 많은 사람들이 몰려와 있었다. 주교단의 주교님들도 다수 참석해 장도에 오르는 마리안느의 앞길을 축복해 주었다. 이곳에서도 누군가 사람들에게 세계지도를 보여주며 한국의 위치를 알려주었다.

마리안느의 여동생들이 끝내 울음을 참지 못하자 환송

회장은 온통 눈물바다가 되었다. 동네 지인들도 눈물을 훔치며 마리안느에게 작별인사를 청해왔다.

그리고 시간은 쉼 없이 흘러 어느새 떠날 날이 닥쳐왔다. 마리안느는 정든 부모 형제를 뒤로하고, 커다란 짐 가방 하나만 든 채 고향집의 문을 나섰다.

집을 나서는 순간, 마지막으로 가슴 깊은 곳에서 아픔이 느껴졌다. 그녀는 아픔을 떨치려는 듯 걸음을 서둘렀다. 한 걸음씩 디딜 때마다 슬픔과 아쉬움의 조각들이 그만큼씩 멀어져갔다. 마침내 뮌헨으로 향하는 기차에 올랐을 때 마리안느는 집안일을 모두 떨쳐버릴 수 있었다.

이별의 슬픔이 들어 있던 자리에는 이제 곧 만나게 될 섬과 새로운 삶에 대한 설렘이 차올랐다.

이제 그곳으로 간다. 그녀 역시 좁은 문을 열고, 그 좁은 길로 발을 내딛었다.

소록도 가는 길

***

끝없이 펼쳐진 푸른 바다.

소록도를 둘러싼 푸른 바다가 일렁이고, 오늘도 눈부신 해가 그 위에 떠오른다. 햇살이 파도 위에 반짝이고 갈매기들이 날아오른다. 아름다운 풍경이다.

그러나 이곳 날씨는 변덕스럽다. 순식간에 먹구름이 몰려와 해를 가리면 하늘은 이내 어두워지고, 누군가의 무거운 한숨이 포효하듯 일렁이는 성난 파도가 춤을 춘다. 이곳 사람들은 말한다. 만약에 한숨에도 무게가 있다면 이 섬은 예전에 이미 잠겨버렸을 거라고.

살이 문드러진다 해서 '문둥이'라 불리던 나병 환자들은 발병 후에는 자기가 살던 동네에서 더 이상 살 수가 없었다. 아무리 쉬쉬하고 감추려 해도 '아무개가 몹쓸 병에 걸렸다'는 소문은 삽시간에 퍼지기 마련이었다. 환자의 눈썹이 없어지거나 피부 병변이 생겨 이웃들이 알아채는 순간 따돌림이 시작되었다. 동네 사람들은 야밤에 환자의 집 주변에 불을 지르거나 그 집 식구들이 우물에서 물을 긷지 못하게 돌팔매질을 하기도 했다. 멍석말이와 집단 구타로 환자들이 목숨을 잃는 경우도 드물지 않았다. 한센병은 대체로 10대에 많이 발병해 틴에이지 질병(Teenage-disease)이라고도 불린다. 여자보다 남자에게서 발병률이 더 높은데 그 원인은 아직도 밝혀지지 않았다.

그렇다 보니 아직 어린 나이의 환자들이 봇짐 하나 지고 얼굴은 천으로 둘둘 말아 가린 채 집을 떠나야 하는 순간을 맞이하게 된다. 환자와 가족들에게는 실로 가슴 찢어지는 이별이 아닐 수 없다. 환자의 어머니는 미어지는 가슴을 안고 통곡하지만 달리 어찌할 방법이 없어 눈물만 흘렸다. 자칫 잘못하면 병이 다른 가족에게 옮을 수도 있기에 대부분의 환자들은 집을 떠나거나 쫓겨났다.

그중 몇몇은 한센인 마을이나 환우 정착촌으로 가기도 하지만 이는 운이 좋은 경우라고 할 수 있다.

집을 나온 이들은 일을 할 수 없으니 걸식과 유랑을 하다가 지낼 곳이 마땅치 않아 결국 다리 밑이나 산모퉁이 쯤에 모이게 된다. 환자들은 '짐자리'라고 불리던, 동물의 우리를 방불케 하는 열악한 움집이나 천막, 헛간 등에 모여 살았다.

산에서 감자를 캐거나 과일을 주워 먹다가 너무 배가 고파지면 이들은 아랫마을로 내려와 걸식과 동냥을 했다. 혀를 끌끌 차며 물과 먹을 것을 챙겨주는 주민들도 아주 없는 것은 아니었다. 하지만 대개는 전염될 것을 걱정해 결국은 떼 지어 몰려와 이들이 모여 사는 곳을 불태워버리기 일쑤였다. 생존의 벼랑 끝까지 내몰린 환자들은 살아남기 위해 기어이 범죄를 저지르기도 했다.

어린아이의 생간을 빼어먹으면 병이 낫는다는 말이 돌아 환자들이 아이들을 납치했다가 경찰에 붙잡힌 일도 실제로 한두 건은 있었던 모양이다. 세상이 이들을 저주하니 이들도 세상을 저주할 수밖에 없었다.

있던 자리에서 쫓겨나는 것은 익숙한 일상이 되어 다시 정처 없이 길을 나섰고 유랑과 동냥을 계속했다. 모진 시간은 계속 흘렀고, 계절도 변함없이 바뀌었다. 여름도 힘들었지만 추운 겨울은 그야말로 지옥에서의 한 철과 같았다. 한데서 엄동설한을 보내다 얼어붙은 이들의 코나 귀,

손가락, 발가락은 쉬이 떨어져나갔다. 아사자와 동사자가 속출했다. 그러나 염을 해줄 가족도 명이 다한 몸을 누일 관도 없었다. 길을 걷다 보면 이름 모를 시체가 둘둘 말려 있는 거적때기가 발에 부지기수로 차였다.

상황이 이렇다 보니 이들은 남쪽으로, 조금이라도 더 따뜻한 남쪽으로 계속 쫓겨 내려가게 되었다. 대부분의 한센인 정착촌이 남쪽 지방에 모여 있게 된 이유도, 소록도 주민들의 고향이 전국 팔도 각지를 망라하는 이유도 이 때문이다.

전라남도 고흥군 도양읍 소록리에 위치한 4.42제곱킬로미터의 작은 섬, 소록도(小鹿島). 그 이름에 대해서는 섬의 형태가 작은 사슴을 닮아 소록도라 불린다는 설과, 현재의 녹동항 부근은 과거 녹도였는데 그보다 더 작아 소록도라 불린다는 두 가지 설이 있다.

일제 강점기, 조선총독부는 각지의 한센인들을 이 섬에 수용하는 정책을 세운다. 조선총독부는 강제 수단을 동원하여 이곳에 조상 대대로 살아온 원주민들의 가옥과 토지를 매수해 나요양소를 세우고, 1916년 5월에 자혜의원을 개원한다.

이곳에 강제로 송치된 한센인들은 일괄적으로 일본식

생활양식만을 강요당했다. 2대 원장인 하나이 젠키치(花井善吉)는 다행히 원생들을 위한 정책을 펴, 신사 참배 의무를 폐지하고 보통학교를 세웠으며 환자 위안회를 조직했다. 원생들은 하나이 원장의 업적을 기리기 위해 자발적으로 그의 공적비를 세운다. 그러나 1930년대에 이르러 일제의 군국주의가 심화되면서 4대 원장인 수호 마사키(周防正季)가 부임한 이후, 원생들은 커다란 수난을 겪는다.

1930년대 주요 일간지, 조선중앙일보와 동아일보 등에 실린 소록도 한센인 관련 기사 제목을 살펴보면 그 실상을 조금은 짐작할 수 있다.

- 전조선의 나병환자 만사천여의 다수 소록도 등에 수용 불과 오천, 도로 방황자 구천여.
- 구내에 출몰하는 문둥병자 취체, 문둥이의 신체를 검사한 후 심한 자는 소록도로.
- 문둥이떼로 하여 불안한 청주시민, 이런데도 방관만 한다 하여 일반은 당국을 비난.

이렇게 이곳에 수용된 전국 각지의 한센병자들은 강제로 단종수술을 당했고, 노역장에 끌려갔다. 이들은 성치 못한 몸으로 공장을 짓고 공원을 조성하며 길을 닦아야 했다. 굶주림과 상습적인 구타를 견디다 못한 원생들은 섬을 탈출하려다 붙잡혀 감금실에 갇혀 숱하게 죽어나갔고, 그 시체는 검시실에서 해부 당했다.

요양소 확장 공사와 벽돌 공장 강제 노역으로 원생들을 더욱 쥐어짜고, 자신의 동상을 세워 참배시키며 가혹행위를 일삼던 수호 원장은 결국 원생의 손에 죽음을 당한다. 해방을 맞이한 뒤에도 원생들과 직원들 간의 대립으로 84명이 목숨을 잃는 대참사가 이어졌고, 6·25 전쟁 때는 퇴각하던 인민군들에 의해 다수의 주민들이 무참히 살해당하는 사건도 발생한다.

숱한 고난의 시기를 거쳤으나 한센인들에 대한 사회의 인식은 전혀 나아지지 않았다. 사회에서 철저하게 버림받은 한센인들은 일반인과 같은 배를 타지 못하고, 다른 배편으로 섬에 들어와야 했다.

'문둥이 시인'으로 유명한 한하운(1919~1975)은 소록도로 가는 심경을 다음과 같이 시로 토로하기도 했다.

가도 가도 붉은 황톳길
숨 막히는 더위뿐이더라.

낯선 친구 만나면

우리들 문둥이끼리 반갑다.

天安삼거리를 지나도

쑤세미 같은 해는 西山에 남는데

가도가도 붉은 황톳길

숨 막히는 더윗속으로

쩔룸거리며 가는 길

신을 벗으면

버드나무 밑에서 지까다비를 벗으면

발꼬락이 또 한 개 없다.

앞으로 남은 두 개의 발꼬락이 잘릴 때까지

가도 가도 천리 먼 전라도 길.

한하운 作「전라도길」, 부제_소록도 가는 길

이후 소록도 병원에 부임하는 한국인 원장들은 원생들의 생존과 자급자족을 위한 길을 찾기 위해 끊임없이 노력했다. 그러나 병원의 치료 환경은 대단히 열악했고, 소록도는 절대적인 빈곤 상태에서 쉽게 벗어날 수 없었다.

영아원과 가르멜 수녀원

***

1962년 2월 24일 토요일의 늦은 오후, 마리안느를 태운 통통배가 녹동항을 떠나 소록도의 선착장을 향해 가고 있다. 물이 부족한 때여서 그녀는 추위에 떨며 한참 동안 배를 기다려야 했다.

늦겨울의 차가운 바닷바람이 마리안느의 옷깃을 파고들었다. 높은 지대에 있는 고향 마트라이도 겨울이면 춥고 눈이 많이 내렸기에 그녀에게 이곳의 추위가 새삼스러운 것은 아니었다. 다만 한국에 도착한 후 광주에서 이곳까지 다시 자동차로 7시간을 달려온 긴 여정에 마리안느는 많이 지쳐 한기를 느꼈다. 그녀는 추위에 떨며 검푸른 빛으로 일렁이는 파도를 물끄러미 내려다보았다.

조용한 아침의 나라 대한민국, 사슴을 닮았다는 작은

섬 소록도가 드디어 눈 안에 들어왔다. 꿈에서 보았던 그 섬은 쪽빛 바다에 둘러싸여 있었다.

이곳에 들어가느니 차라리 바다에 몸을 던지고 말겠다는 한센인들이 한둘이었을까. 햇빛에 따라 시시각각 색깔을 달리하며 눈부시게 반짝이는 이 파도가 수많은 한센인들에게는 아픔과 슬픔, 그리고 증오와 저주의 물결로 보였을지도 모른다.

이 작은 섬에 수용되어 있는 한센병 환자들의 숫자는 무려 6천 명이라고 했다. 아직 그 하나하나의 진실에 다가가지는 않았지만, 마리안느는 이미 느끼고 있었다. 셀 수 없는 한과 뼈아픈 진실들이 파도를 따라 너울대고 있었다. 뱃전에 부딪혀 울부짖는 파도소리만으로도 그녀는 벌써 아프기 시작했다. 그런 아픔을 느낄 수 없는 사람이었다면 그녀는 애초 이곳에 오지도 않았을 것이다.

앞으로 과연 잘 해낼 수 있을지, 말도 통하지 않는 상태에서 이 섬에 사는 수많은 한센병자들에게 실제적인 도움을 줄 수 있을지, 그녀의 마음이 불안한 것도 사실이었다. 그저 도와주시라고, 기도하는 마음으로 그녀는 파도와 맞닿은 하늘을 올려다보며 두 손을 모을 뿐이었다.

아직 비자를 받지 못한 동료 월마는 한 달 후에 합류할 예정이었다. 그리스도 왕 시녀회의 또 다른 회원이며 간호사인 마리아 디트리히 역시 소록도 행을 신청한 채 서류가 준비되기만을 기다리고 있었다. 먼저 도착한 마리안느는 우선 영아원으로 배치되어 한센인 가족의 아기들을 돌볼 예정이었다.

당시 소록도에서는 한센병 환자의 아기가 태어나면 5세까지는 부모가 기르고, 그 뒤 미감아수용소로 보내는 것이 관례였다. 미감아는 '아직 발병하지 않은 아이'라는 뜻이다. 한센인들은 가족들에게 깊은 상처를 주는 이 단어를 몸서리치게 싫어했다. 세간의 오해와 달리 한센병은 모태에서 유전되지 않는다.

하지만 아직 면역체계가 채 갖춰지지 않은 5세 미만의 영아들이 열악한 환경 속에서 한센인 부모와 함께 지내다가 병에 전염될 수 있다는 게 문제였다. 그래서 아기들을 따로 키워줄 영아원이 필요했지만, 소록도에 이를 위한 예산이 있을 리 만무했다. 나라 전체가 배고픔과 가난에 허덕이던 시기인데다 이 섬의 재정 상황은 더욱 열악했다.

반년 전 소록도에 부임한 국립소록도병원의 조창원 원장은 영아원 건립 문제에 대한 고민을 거듭하고 있었다.

조 원장은 소록도 성당의 초대 주임신부인 미국인 권 야고보(J. Michaels) 신부와 이 문제를 상의했고, 권 신부는 광주대교구장인 현 해롤드 대주교에게 도움을 요청했다.

우리가 이미 알고 있듯, 현 대주교는 다시 오스트리아의 대주교를 만난 자리에서 지원을 부탁했고, 이에 화답하여 오스트리아 그리스도 왕 시녀회의 간호사들이 소록도에 파견된 것이다. 조창원 원장과 권 야보고 신부에게는 마리안느 일행이 구세주처럼 느껴졌다.

오스트리아는 의료 인력들을 보내주었을 뿐 아니라, 오스트리아 가톨릭 부인회를 통해 영아원의 설립비와 운영비도 지원하기로 약속했다. 마가렛 일행이 먼저 대구 왜관의 한센인 마을에 있을 때도 이 단체에서 기부금을 보내주었다. 오스트리아 부인회는 소록도뿐 아니라 전후 한국사회 전반의 재건에 많은 도움을 준 자선단체이다.

오후 늦게 소록도에 도착한 후 마리안느는 카리타스 수녀원에서 하룻밤을 묵었다. 영아원의 숙소는 아직 수리가 끝나지 않아 들어갈 수 없었다. 마리안느는 다음날 오전 소록도 성당에서 미사를 드린 후 전주의 가톨릭센터로 향했다.

전주역 바로 옆에 위치한 가톨릭센터는 당시 그 부근에서 제일 큰 4층짜리 건물이었다. 이곳 또한 오스트리아 부인회가 건립비를 지원해주었다. 한국에 봉사하러 온 외국인들은 개관한 지 얼마 되지 않은 이곳에서 한국어를 배우기도 하고, 외국어를 가르치기도 했다.

독일에서 온 기술자들을 포함한 젊은 남녀 외국인들 중에는 평신도 선교봉사단체인 국제 가톨릭 형제회 (AFI. Association Fraternelle Internationale), 그리고 옥실리움 (Auxilium. 사도직 협조자) 회원들도 있었다. 이들도 그리스도왕 시녀회 회원들과 마찬가지로 독신으로 교회와 사회에 봉사하는 삶을 살아간다.

영국, 프랑스, 오스트리아, 독일 등 유럽 각지에서 온 이 젊은이들은 이후 한국의 곳곳에서 교육과 문화, 의료, 사회사업 등에 투신한다. 이들 사이에서는 마리안느나 마가렛도 그다지 특별한 경우가 아니었다. 이미 다수의 외국인들이 전국 각지의 빈민촌 등지에서 여러 형태로 봉사하고 있었기 때문이다.

마리안느는 이들과 함께 당시 성심학교에 출강하던 20대 초반의 손영순 강사에게 한국어를 배웠다. 손 강사는 사실 이곳에서 외국인들을 처음 만났다. 그녀는 그들에게 한국어를 가르치면서 신선한 충격을 받았다.

'저 젊은 외국인들이 늘 평화롭고 행복해 보이는 이유는 무엇일까? 자기 나라에 비해 훨씬 가난하고 열악한 이곳 생활이 많이 불편하고 힘들 텐데' 하는 의문이 손 강사의 머릿속을 떠나지 않았다. 손 강사가 보기에 그들은 마음속에 굳건한 뿌리를 지니고 증거의 삶을 사는 사람들이라고 여겨졌다. 이때의 영향 때문인지, 손 강사도 후에 아피(A.F.I)의 회원이 되어 평신도 사도직을 수행하며 살아가게 된다.

마리안느는 이곳에서도 있는 듯 없는 듯 눈에 띄지 않고 조용한 편이었다. 물론 한국말이 서툴러서 더 그랬겠지만 자기표현을 하는 성격이 아니어서 그녀가 어떤 계획을 가지고 있는지 누구도 알지 못했다.

마리안느는 한국어를 열심히 배웠고 곧 인사말을 포함한 간단한 회화 정도는 할 수 있게 되었지만, 여전히 그녀에게 한국어는 배울수록 어려운 언어였다.

이 기간 동안에도 그녀는 일주일에 한 번씩 기차를 타고 소록도를 방문했다. 전주에 두 달 동안 머문 뒤, 4월의 부활절 무렵 마리안느는 소록도로 돌아갔다.

당시 소록도는 참으로 가난했다. 국립소록도병원의 직

원들에게도 월급이 제대로 나오지 않는 일이 허다했다. 주민들은 종종 배를 곯았으며, 대부분이 장마철이면 비가 줄줄 새고 겨울이면 방안에 고드름이 어는 허술한 쪽방촌에서 지냈다. 비좁은 공간 안에 일고여덟 명이 다리를 겹치지 않게 양옆으로 누워서 자곤 했다.

게다가 한센병 환우들의 생활을 관리하는 지도부에서 폭력사태가 벌어져도 아무도 관심 갖지 않던 시절이라, 어떤 이는 이곳 생활을 견디다 못해 야반도주하다가 발각되어 구타로 목숨을 잃기도 했다.

마리안느의 동료 간호사 월마는 3월 말에 소록도에 들어왔다. 2년 계약으로 온 월마는 그리스도 왕 시녀회원이 아니었고, 오스트리아에 결혼을 약속한 약혼자가 있었다. 그녀는 늘 성실하게 일했으며 마음씨도 착했다.

허름한 창고를 수리한 영아원 관사는 한쪽 구석의 두 간과 그에 딸린 식당이 전부였다. 원래 간호기숙사 옆의 다방이 있던 자리라고 했다.

처음에는 침대나 식탁 같은 가구도 전혀 없는 맨 바닥에서 생활해야 했다. 물론 난방시설도 제대로 되어 있지 않았다. 좌식 생활을 해본 적이 없던 마리안느와 월마는 냉골에 요를 깔고 자야 하는 생활이 불편했지만 전혀 내색하지 않았다. 그녀들은 애초부터 이곳 사람들과 똑같은 생활을 하고 싶었기에 침대나 식탁도 요청하지 않았다.

마리안느와 월마는 영아원 안팎을 구석구석 청소한 후 철제로 된 아기 침대를 들여놓고 기저귀감을 준비하며 부지런히 신생아들을 맞이할 준비를 했다. 권 야고보 신부의 도움을 받아 소록도 성당과 녹동 근처에 사는 젊은 여성들을 보모로 들였다.

드디어 4월 중에 영아원의 문이 열렸다. 마리안느는 오랜 세월이 흐른 뒤에도 이때를 회상하면 꼭 어제 일처럼 생생하게 모든 풍경을 되살려낼 수 있었다.

유난히 춥고 길던 겨울이 가고, 봄이 성큼 다가왔다. 꽃샘추위가 여전히 계속되나 싶더니, 어느새 벚꽃이 흐드러지고 이름 모를 사랑스런 꽃들이 눈부시게 피어나 그 향기가 사방으로 퍼져나갔다. 마리안느는 일하는 틈틈이 허리를 펴고, 먼 하늘까지 흩날리는 꽃잎들을 보며 그 아름다움에 위로를 받았다.

그러나 처음에는 아무도 아기들을 맡기려 하지 않았다. 한센인 부모들 사이에서 이곳에 아기를 보내면 일부러 굶겨서 죽여버린다는 끔찍한 소문이 돌았던 것이다. 영아원의 직원들은 아기가 있는 가정을 직접 방문해 최선을 다해 아기를 돌보겠다고 부모들을 설득해야 했다. 한 달쯤 지난 후에야 겨우 아기를 데리고 오는 부모들이 생겼다.

마리안느와 윌마는 꼭두새벽에 일어나 6시에 아침 미사를 드리고 나서 바로 일을 시작했다. 영아들은 점점 늘어나 생후 2개월 된 아기부터 서너 살 된 아이까지, 모두 45명이 되었다. 천기저귀 빨랫감이 매일 산더미처럼 쏟아져 나와 보모도 더 필요했고, 세탁 도우미도 따로 불러야 했다.

심하게 보채는 아기는 안아서 달래주지만, 아기를 업어서 키우는 한국식 육아법과는 달리 대부분의 아기들은 안전한 상황에서 자연스럽게 적응하도록 지켜보며 돌봐주는 것이 마리안느의 방식이었다. 신생아들은 우유를 먹이고, 그보다 조금 큰 아기들은 이유식을 만들어 먹였다. 보모 직원들은 아침에 출근하면 아기들의 옷과 기저귀를 갈아입히고 밥 먹이는 일을 함께 했다.

우유를 타고 과일도 준비하고 밀가루를 볶아 죽을 만들고, 또 틈틈이 기저귀를 개고 우는 아기는 달래주고 낮잠도 재웠다. 기어 다니는 아이는 돌봐주고 걷는 아이는 산책시키고 식사 시간이 되면 밥을 먹이고, 다시 씻기고 기저귀

갈고 옷 갈아입히고. 한시도 눈을 뗄 수 없는 아가들을 돌보느라 하루가 어떻게 지나가는지도 모를 지경이었다.

밤에 자기 전에 보모들이 아기들 오줌을 뉘고 잠옷으로 갈아입히면, 마리안느는 손에 성수를 찍어 아기들의 이마에 하나하나 십자가를 그어 축복해준 후 잠자리에 들게 했다. 아기들은 십자가를 이마에 받으면 '아 이젠 자야 하는 시간이구나' 하고 알아듣고 버릇처럼 바로 눕게 되었다. 물론 자다 깨서 칭얼대는 아기들도 있긴 했지만.

한 달에 한 번 있는 부모와의 면회 날에는, 영아원 앞에 있는 조그만 테라스에 아기들을 놀게 하고 보모들이 한 명 한 명 안아서 엄마들에게 보여주었다. 엄마들은 아기가 건강하게 잘 노는 것을 보며 무척 고마워했다. 권 야고보 신부도 거의 매일 영아원에 들러 아기들을 안아주고 놀아주며, 아버지처럼 아기들의 눈물 콧물을 닦아주었다.

밤에는 보모 12명이 하루씩 돌아가면서 방을 지켰다. 마리안느는 이 모든 업무를 보모들과 같이 하면서 총책임자로서 영아원을 관리했다. 그녀는 재봉틀을 가져다 놓고 손수 기저귀를 만들기도 했다.

당시 마리안느와 월마의 존재는 마을에서 단연 화제였다. 이때만 해도 사람들은 젊은 서양 여자들이 이런 곳에

영아원 아이들과 부모 접견의 날 풍경

서 몇 달이나 버티겠냐고 말하며, 곧 자기 나라로 돌아갈 거라고 예상했다.

때로 사람들에게 근엄하고 엄격하다는 인상을 주기도 했지만, 실제의 마리안느는 어머니처럼 자상하고 세심한 성격이었다. 간혹 아기들이 침대에서 오줌을 싸면 바닥에 물이 고이는 때가 있다. 할 일이 많은 보모들은 그런 광경을 보고도 인식조차 못하고 지나치는 경우가 많았는데, 그걸 알아채고 치우는 사람은 언제나 마리안느였다.

영아원생들 중에서 가장 어린 아기가 왜 그런지 몸이 제일 약했다. 늘 시름시름해서 모두들 그 아기를 볼 때마다 마음이 아팠다. 마리안느는 저녁때마다 그 아기를 안고서 온돌방에다 눕혔다가 또 침대에 눕혔다가, 어떻게 하면 좀 더 편히 지내게 할 수 있을까 궁리하며 지극정성으로 돌보았다.

다른 보모들도 열심이었다. 모두들 넘치는 업무에 힘들어 하다가도 아기들이 방긋방긋 웃는 예쁜 모습을 보면 다시 힘을 내곤 했다.

당시 소록도에는 개신교 신자가 80퍼센트였고 나머지가 천주교 신자였다. 원불교나 불교는 아직 이 섬에 들어오지 않았다. 두 그리스도교 세력 간의 알력이 꽤 심각하

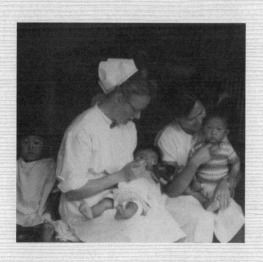

던 시절이어서, 실제로 싸움이 벌어진 적도 있었다. 장로교에 다니는 엄마들도 처음에는 천주교에서 운영한다는 이유만으로 영아원을 불신했다.

마리안느의 확고한 방침 중 하나는 종교와 관계없이 아이들을 일체 차별하지 않는다는 것이었다. 아기를 받을 때도 부모의 신앙을 전혀 묻지 않았고 똑같이 보살폈다. 그러자 장로교나 무교인 부모들의 마음도 서서히 열렸다. 오히려 시간이 지나자 천주교 측 부모들에게서 불만이 터져 나왔다. 천주교의 자금으로 운영하는 시설이면서 왜 천주교 아기들에게 돌아가는 혜택은 없냐고 따지는 엄마들도 있었다. 마리안느가 찾아낸 최선의 대답은 침묵이었다.

영아원에는 침대가 30개밖에 없어서 겨울이 되면 온돌방 두 개를 더 써야 했다. 보일러실에서 일하는 두 기사들은 소록도 병원에서 배급해주는 가루탄인 분탄으로 연탄을 만들어 태워서 썼다. 그것으로 보모들은 아가들의 식사준비를 하고 물을 데워 목욕도 시켰다. 소록도뿐 아니라 다른 곳에서도 겨울에 뜨거운 물을 쓰는 일이 아주 어렵던 시절이었다. 게다가 섬 지역이 흔히 그렇듯이 양수 시설이 제대로 되어 있지 않아 식수를 비롯한 생활용수가 늘 부족했다.

불행한 일도 있었다. 한 아기가 갑자기 호흡이 가빠지더니 숨을 거두어버린 것이다. 아기는 곧바로 병원으로 옮겨졌고, 병원 측에서 시체를 해부해보니 아기의 배 안에 지렁이처럼 길고 징그러운 하얀 회충들이 가득 차 있었다. 이 회충들이 올라와 아기의 폐를 막아버렸던 것이다. 비위생적인 소록도의 재래식 변소에는 회충이 우글우글했지만, 회충약을 구하는 것도 쉽지 않던 시절이다. 의사는 아기의 죽음이 누구의 잘못도 아닌, 어쩔 수 없는 일이었다는 결론을 내렸다.

또 다른 한 아기도 폐렴으로 짧은 생을 마감했다. 그때도 약을 구하지 못해 아무도 손을 쓸 수 없었다. 죽은 아기의 엄마들과 마리안느는 무너지는 가슴을 안고 이런 비극을 감내해야만 했다.

회충이 있는 아기들은 얼굴이 노랗고, 뭘 먹어도 그 영양분을 기생충이 다 흡수해버린다. 심지어 아기들이 입으로 올라온 회충을 토해내는 경우도 있었다. 마리안느와 보모들은 아기들에게 주는 음식은 무엇이든 끓이고 깨끗하게 관리하려고 온 힘을 다했으나, 물도 부족하고 모든 물자가 열악한 상황에서 한계가 있을 수밖에 없었다. 아기들은 밖에 나가 놀면서 흙과 작은 돌 등을 순식간에 입에 집어넣기도 했다.

마리안느는 생각다 못해 오스트리아에 의약품을 보내달라고 부탁하는 편지를 썼다. 곧 비타민과 칼슘제, 그리고 각종 영양제가 공수되어 왔다. 고국의 고마운 사제와 의사들은 의약품과 제약 회사에서 나온 각종 샘플까지 모두 모아 보내주었다. 초기에는 특히 구충제와 영양제, 그리고 무좀약이 많이 필요했다. 미국에서도 약품 소포가 기부되어 왔다.

그리고 이후로도 몇 십 년 동안, 한센병 치료제와 결핵약, 감기약, 항생제, 피부약, 각종 연고, 비타민과 붕대 등을 포함한 막대한 양의 약과 의료용품들이 오스트리아와 스위스, 독일 등지에서 소록도로 공수되어 왔다.

당시 턱없이 부족했던 영아원 아기들의 옷과 장난감을 보내주는 독지가도 있었다. 윌마가 비행기 안에서 우연히 만난 한 독지가는 홍콩에 왕래하며 사업을 하는 이탈리아 신사였다. 그는 윌마에게서 소록도 얘기를 듣고 '젊은 사람이 참 좋은 일을 한다'고 치하하더니, 후에 소록도로 아기용품들을 보내주었다. 어찌나 좋은 물건을 많이 보내주었는지 소포가 도착한 날은 다들 즐거워서 이것저것 풀어

보며 탄성을 지르곤 했다.

　시간은 쉬지 않고 흘러갔다. 모두들 여름에는 지긋지긋하게 앵앵거리며 달려드는 숱한 모기들 때문에 밤잠을 설쳤고, 겨울에는 외풍에 전기가 끊겨 덜덜 떨며 추운 밤을 보내야 했다.

　이 시기에 영아들뿐 아니라 소록도의 초등학생이나 중학생들도 각종 피부병에 시달리는 건 마찬가지였다. 당시 한 사람당 나오던 배급 식량은 소량의 쌀과 보리쌀이 전부여서 김치도 없이 맨밥에 간장만 먹는 아이들이 허다했다. 그나마 이 배급이라도 타먹기 위해 신분을 위장해 소록도에 들어오는 가짜 환자들도 심심치 않게 적발되었다. 늘 허기졌던 보육소의 어린이들은 억새풀에 오동나무 껍질까지 벗겨 먹었고, 바닷가에 나가면 김이나 돌에 낀 청태도 닥치는 대로 입에 넣곤 했다.

　사정이 이러하니 입 주변이나 뺨에 허연 버짐이 피어나지 않은 아이들이 드물었고, 머릿니나 옴, 건선 등이 만연했다.

　마리안느는 고국에서 보내온 영양제와 피부약을 가방에 그득 담아서 구북리, 남생리 산 너머 아이들이 살고 있

109

는 곳까지 직접 찾아가 우유와 함께 전달해주곤 했다. 아직 마리안느의 한국말은 서툴었지만 마음에서 우러나오는 손짓 발짓으로 의사는 다 통했다. 처음에는 이방인의 진심을 의심하며 사뭇 경계심을 풀지 않던 사람들의 마음도 점차 열렸다.

영아원은 변함없이 오스트리아 부인회의 지원금으로 꾸려갔고, 초기에 목돈이 필요할 때에는 현 해롤드 대주교를 통해 미국에서도 원조를 받았다. 국립소록도병원의 조창원 원장도 가능한 한 최선을 다해 마리안느를 도와주었다.

초반에는 마리안느와 월마를 도와 영어로 통역을 해주던 이십대 초반의 여대생이 있었으나, 이곳 생활이 쉽지 않았던 모양인지 얼마 지나지 않아 소록도를 떠났다. 그래서 통역이 필요할 때는 권 야고보 신부가 마리안느를 대신해 모든 설명을 도맡아주었다. 마리안느와 월마도 사람들과 더 많이 대화하려고 노력하며 한국어를 열심히 익혀나갔다.

각자의 자리에서, 마리안느와 마가렛

***

    서울의 가르멜 수녀원, 아주 작은 방 안에서 마가렛은 머리맡에 놓인 무언가를 들여다보고 있었다. 그것은 사람의 해골이었다.

    이 하얀 유골은 마가렛이 오스트리아를 떠나 한국에 올 때, 짐 가방 깊숙이 넣어서 가져온 것이었다. 예전에 의사인 아버지가 이탈리아의 주교님을 치료해준 적이 있었다. 후에 그 주교의 초청으로 아버지는 마가렛과 함께 로마에 방문했는데, 그때 갔던 성당의 지하 카타콤에는 작고 하얀 해골들이 쌓여 있었다. 보통은 손댈 수 없는 것이었지만 특별히 허락을 받아 마가렛이 그 중 하나를 가져온 것이다.

    마가렛은 중세 시대의 성인들이 종종 그랬듯이, 해골을

들여다보며 태양 아래 헛되고 헛된 삶과 모든 인간이 결코 피할 수 없는 종착역인 죽음에 대해 묵상하곤 했다. 마가렛의 내면에는 이렇듯 남들에게는 다소 특이하게 느껴지는 그녀만의 깊고 내밀한 명상 세계가 있었다.

가르멜 수녀원의 일상은 주로 침묵 속에 미사, 전례에 따른 예절들과 함께 성무일도, 묵주기도와 관상 등 기도에서 기도로 이어진다. 이 기도의 양은 보통사람이 소화해낼 수 있는 수준이 아니었다. 기도시간을 알리는 종소리는 하루에도 몇 번씩 울리는데 밤에도 자다가 중간에 일어나 기도하는 시간이 있었다. 여기에는 한 치의 타협도 있을 수가 없었다.

가르멜 수녀들은 속세를 떠나 자신의 육체적 욕망을 모두 죽인 채, 현실의 시간을 온전히 기도와 희생에 바친다.

가만히 앉아 있기만 해도 땀이 뻘뻘 나는 오뉴월 염천에도 예외 없이, 턱 아래부터 발끝까지 완전히 덮는 기다란 수도복과 머리에는 긴 베일을 쓰고 지내야 한다. 좁은 수도원에서 사람과의 접촉이 거의 단절된 채 깨어 있는 대부분의 시간을 기도에 바치는 이곳 수도자들의 생활은 '인내'라기보다는 차라리 '순교'에 가까웠다. 그것은 세속의 상식으로는 짐작할 수조차 없는, 특별한 성소가 있어야만 가능한 삶이었다. 늘 변함없는 침묵을 지키고 있지만, 수도자들의 마음속에서는 때로 격렬한 투쟁이 벌어지곤 했다.

이런 봉쇄수도원 생활을 몇십 년 동안 한결같이 지속한 수녀들에게는 비현실적이라고 느껴질 만큼 감정이 배제된 창백한 석고상 같은 특유의 인상이 생겨난다고 말하는 이도 있다.

기도 시간 사이사이, 수도자들은 주어지는 노동을 한다. 마가렛은 제의방 일을 하거나 미사 중 성체성사 때 쓰이는 밀 빵인 제병(祭餅)을 만드는 소임을 맡아 열심히 일했다.

가르멜은 본래 절식을 표방하는 곳이기도 했지만, 당시 이곳의 가난한 형편에 우유나 달걀, 치즈, 생선 등은 구경하기도 힘들었다. 서울에서도 빵을 살 수 있는 가게가 거의 없던 시절이다. 물에 멸치 몇 개 넣고 된장을 풀거나 밥과 김치만 먹을 때가 많았고 그나마도 양이 적어 모두들 배가 고팠지만, 마가렛은 다행히 무탈했다. 그녀는 동료 수녀들과도 좋은 관계를 유지하고 있었다. 마가렛이 들어올 당시에는 혜화동에 있던 가르멜 수녀원은 얼마 후 수유리로 이사를 갔다.

가끔 소록도에 사는 마리안느가 그녀를 보러 올라오기도 했다. 마가렛이 밖으로 나갈 수는 없었지만, 한 달에 한 번 정도의 편지는 가능했고 역시 한 달에 한 번 30분의 면회는 허락되었다.

방문객과 수도자는 창살이 달린 접견실의 작은 창문을 사이에 두고 대화를 나눌 수 있었다. 마가렛은 종이 대신 휴지에 성구에 대한 단상이나 묵상의 느낌을 적어 마리안느와 교환하기도 했다. 두 친구는 서로의 안부를 물으며 짧은 대화를 나누었다. 마리안느와 마가렛은 각자의 자리에서 자신의 길을 착실히 걸어가고 있었다.

마리안느는 마가렛을 만난 후에 서울역으로 가 밤기차를 탔다. 심야에 서울역을 떠난 기차는 다음날 오후가 되어서야 순천에 도착했다. 기차를 기다릴 때면, 마리안느에게서 눈길을 떼지 못하고 망설이다가 말을 거는 한국 학생들이 종종 있었다.

"Excuse me. Can you speak English(실례합니다. 영어로 대화할 수 있나요)?"

학생들은 공짜로 영어를 배워보겠다는 일념 하나로 큰 맘 먹고 외국인에게 다가오는 것이었다.

"Yes, I can(네, 할 수 있어요)."

마리안느는 웃으며 대답했다.

"Where do you live?" 어디 사느냐는 질문에 "I live in Sorokdo." 소록도에 산다고 대답하면 다들 "Sorokdo…… 그 소록도?"라고 반문한 후, 어느새 시야에서 사라졌다.

서글프게도 섬의 이름이 발휘하는 효과는 대단했다.

마리안느는 피곤할 때 소록도란 말을 입에 올리기만 하면 사람들이 알아서 사라져 주니, 고마운 일이라고 생각하기로 했다.

마리안느도 마가렛과 마찬가지로 한국음식을 좋아했다. 그녀는 미역국이나 된장찌개, 김치찌개, 생선구이도 가리지 않고 잘 먹었다. 자주 먹을 수 없어서 그렇지 갈비찜이나 잡채도 그녀의 입에 잘 맞았다.

그러나 오스트리아에서 30년 세월을 살아온 그녀에게 고향 음식만한 것이 또 있겠는가. 가끔 아침엔 쌀밥이 잘 넘어가지 않았고, 우유나 커피와 함께 간단하게 먹는 빵이 그립기도 했다. 그래서 마리안느는 도시에 나갈 때 이스트를 사와 손수 빵을 만들어 먹었고 나중에는 우리 밀을 사다가 녹동에 나가서 빵아왔다.

한 번은 주방아주머니에게 왜 그렇게 음식을 맵고 짜게 하냐고 물어본 적이 있다. 돌아온 대답은 이러했다.

"뭐가 있어야지라. 많이 못 먹게 하려면 그 수밖에 없당께요."

마리안느는 점차 영아들뿐 아니라 좀 더 성장한 300명 가까이 되는 아이들에게 영양제를 제대로 지원해줄 치료실의 필요성을 느꼈다. 그녀는 조창원 원장의 도움으로 병원의 치료본관, 외과와 피부과 사이에 작은 방을 얻었다. 원래는 검사실로 쓰였던 듯 보이는 이 방에는 오래된 현미경과 싱크대가 있었지만 문도 창문도 없었다. 그녀는 새로 문과 창문을 달고 바닥 청소도 했다.

마리안느는 이 치료실의 문을 연 후, 주로 어린이들에게 영양제와 함께 피부약, 구충제 등을 나누어주었다. 그녀는 어린이들에게 약을 먹이고 나서 꼭 우유도 한 잔씩 먹였다. 딱히 문패가 있었던 것은 아니지만 아이들이 자주 드나들게 되자 이 방은 자연스레 '아동치료실'이라고 불리게 되었다.

그렇다고 해서 꼭 아동들만 출입했던 것은 아니다. 마리안느는 병원에 장기 입원해 있는 어른 환자들에게도 비

타민이나 무좀약 등을 나눠주었다. 윌마도 시간이 날 때
면 아동치료실 일을 도왔다.

한센인 환자들 사이에서는 아동치료실에 좋은 치료제
가 있다는 소문이 돌았다. 당시에는 한센병 치료제로 다
이아손과 DDS를 많이 썼다. 마리안느는 환자의 피를 뽑
아 검사를 한 후 소량의 약들을 매우 세밀하게 처방했다.
그전까지 의료인 역할을 하는 환자들이 동료 환자들을 진
료하며 대충 약을 처방하던 것과는 전혀 다른 전문적인
방식이었다. 게다가 마리안느는 환자가 아닌 보호자들에
게도 비타민과 맛있는 우유, 그리고 가끔 초콜릿까지 주
었다. 얼마 지나지 않아 아동치료실은 수많은 사람들로
북적이게 되었다.

인근의 카리타스 수녀원에서는 영아원 아기들보다 좀
더 자란 아이들을 보살피는 보육소를 운영했다. 마리안느
는 열 살 정도 위인 고지순 브리짓다 수녀와 매우 친하게
지냈다. 이북 출신으로 일본에서 자란 고 수녀는 외국 생
활을 오래 하기도 했고 고향에 돌아갈 수도 없는 처지여
서, 한국 땅에 살면서도 속으로는 이방인이라는 의식을
가지고 있었다. 그래서인지 고 수녀와 외국인인 마리안느

는 곧 속마음을 터놓을 정도로 친해졌다. 고 수녀는 마리 안느의 한국 이름도 지어주었다. 자기 이름과 똑같은 '고지순'이었다. 지고지순하게 살라는 뜻이었으리라.

마가렛의 한국 이름은 '백수선'이다. 그러나 마리안느도 마가렛도, 이후에 한국 이름을 일상적으로 쓰지는 않았다.

고 수녀는 베푸는 것을 좋아해, 마리안느를 보면 늘 이것저것 챙겨주고 싶어 했다. 마리안느가 기저귀감을 끊어와 천기저귀를 만들던 재봉틀도 고 수녀가 선물해준 것이었다.

육체적으로 허기가 지고 힘도 많이 들던 이 시절, 그래도 마리안느와 월마는 언제나 기쁘게 일했다. 그리고 1962년 12월 그리스도 왕 축일, 마리안느는 전주에서 오스트리아 사제와 그리스도 왕 시녀회 회원들이 함께 모인 자리에서 종신서원을 한다.

어느새 성당의 사제 발령 시기가 되어, 신자들의 아쉬움 속에 권 야고보 신부는 이임하고 골롬반 회에 속한 아일랜드 출신의 진 요한(Sean Brazil) 신부가 소록도성당에 새로 부임했다.

영아원 시절, 마리안느와 진 요한 신부

서울의 마가렛은 가르멜 수녀원에 들어간 지 3년이 조금 안 되었을 무렵, 신상의 변화를 겪게 된다. 건강에 이상이 생긴 그녀는 프랑스인인 수도원장의 명으로 수도원을 나올 수밖에 없었다. 마가렛을 좋아하던 동기 수녀들은 그녀와의 이별을 몹시 서운해 했다. 이후에도 마가렛은 동료 수녀들과 가끔 연락을 주고받으며 친밀한 관계를 계속 유지해나갔다.

희한하게도 수도원을 나오자 이내 마가렛의 몸 상태가 괜찮아졌다. 그녀는 아무래도 가르멜 수녀원은 자신의 길이 아니었나보다고 생각할 수밖에 없었다.

마가렛은 오스트리아로 돌아가기 전에 처음으로 소록도를 방문해 열흘 동안 머물었다. 한창 영아원 일에 열중하던 마리안느와 동료들은 마가렛을 반갑게 맞이했다.

내륙에서 나고 자란 마가렛은 이곳에서 난생 처음 푸른 바다를 보았다. 제행무상(諸行無常)의 물질세계를 온몸으로 보여주는 듯 변화무쌍한 파도는 참으로 인상적이었다. 마가렛은 한참 동안이나 바다를 바라보며 상념에 잠겼다. 그녀는 마리안느와 함께 병원의 아동치료실을 둘러보고 영아원 아기들과 놀아주기도 하며 오랜만에 수도원을 벗어난 바깥세상에서 휴식을 취했다. 이때 마가렛의 수중엔 집에 돌아갈 비행기 삯도 없었다. 그래서 마리안느는 급히 주변에서 돈을 구해 비행기 표를 마련해주었고, 나중에 마가렛은 일을 해서 이 돈을 갚았다.

전주에서 일하던 간호사 에미와 율리안나도 같은 해에 오스트리아로 돌아갔다. 어느덧 2년의 계약기간을 마친 윌마 역시 소록도를 떠나 고국의 약혼자 곁으로 돌아갔다. 모두들 만남과 헤어짐에 점점 익숙해져갔다.

끝나지 않은 길

**

마가렛의 부모님은 이번에도 예상치 않게 진로를 변경한 마가렛의 뜻을 전적으로 존중해주었다. 그러나 5년 만에 귀향한 마가렛을 기다리고 있는 것은 대단히 슬픈 소식이었다.

아버지가 위암에 걸린 데다 전립선암까지 겹쳐, 이미 병세가 심상치 않았던 것이다. 의사인 아버지는 스스로의 상태를 누구보다도 잘 알고 있었지만, 할 수 있는 마지막 순간까지 병원에 출근하면서 의료 업무를 놓지 않았다.

당시에는 지금처럼 항암 치료가 발달하지 않아 환자의 고통이 극심할 때 진통제로 모르핀을 쓰는 것 외에는 별다른 처방이 없었다. 그러나 모르핀을 써서 정신이 흐려진 상태로 죽음을 맞고 싶지 않았던 마가렛의 아버지는 입원과 투약을 거부했다. 아버지는 떠날 시간이 멀지 않았음을 직감하고 담담하게 마음의 준비를 하는 모습이었다.

마가렛의 상심은 무척 컸다.

"아버지, 이제 걱정하지 마세요. 제가 간호사잖아요."

"간호사라니, 너는 풍크트(마가렛의 어린 시절 애칭)잖아."

어떤 상황에서도 위트를 잃지 않는 마가렛의 아버지는 희미하게 웃으며 농담을 했다.

그로부터 8개월 동안 그녀는 아버지 곁을 떠나지 않았고, 아버지가 더 이상 병원에 출근하지 못하고 몸져누운 뒤로는 병상을 지키며 마지막 순간까지 정성을 다해 간호했다.

마가렛의 아버지는 극심한 통증 속에서도 진통제 없이 견디며 "주여, 제게 고통을 주셔서 감사합니다" 하고 기도했다. 고통을 참아내고 깨어 있으려고 안간힘을 쓰며 드리는 아버지의 기도는 곁에서 지켜보는 이들의 눈물을 자아냈다. 특히나 마가렛의 어머니는 마음이 아파 이런 남편의 모습을 보는 것이 힘들었다. 마가렛은 이 시기에 자신이 집에 돌아와 아버지와 마지막 계절을 함께 할 수 있게 된 것을 참으로 다행스럽게 여겼다.

이듬해 1월 8일 금요일, 한스 피사렉 의사는 마가렛과 가족들이 지켜보는 가운데 눈을 감았다. 향년 62세였다. 영원히 잠든 그의 모습은 더할 나위 없이 평화로워 보였다.

마가렛은 다시 한 번 죽음을 정면으로 마주보았다. 그녀가 본 죽음은 결코 끝이 아니었으며 또 다른 시작이었다. 그녀가 어린 시절부터 지니고 있던, 이 세상의 모든 여행을 즐겁게 끝낸 뒤 하루 빨리 하늘나라로 떠나고 싶다는 마음은 점점 커져만 갔다.

그러나 '이제 다 이루었다'고 진정으로 말할 수 있을 때까지는, 인간의 예상보다 훨씬 더 많은 날들과 더 많은 희생들이 필요한 것인지도 모른다.

소록도에 있던 마리안느 역시 뜻하지 않게 갑자기 귀국하게 되었다.

새로 부임한 국립소록도병원 원장이 기존의 체계를 바꾸고 조직을 새롭게 개편하려는 계획을 세우면서 급하게 결정된 사안이었다. 마리안느는 모든 것을 잠시 내려놓고 고국으로 휴가를 가라는 명령을 받았다. 마리안느뿐 아니라 보육소를 운영하던 카리타스 수녀원도 급거 철수했다.

마리안느가 떠나던 날, 소록도 영아원의 동료들은 하나같이 눈물을 흘렸다.

'어느새 이토록 정이 들었구나.'

한 걸음, 두 걸음, 발을 떼기가 힘들 만큼 아쉬운 이별이었다.

하지만 긴 시간을 날아 도착한 고향집에서는 환호성이 울려 퍼졌다. 마리안느의 부모는 3년 만에 다시 만난 맏딸을 꺼안으며 행복의 비명을 질렀다.

오랜만에 집에 돌아오니 물론 좋기도 했다. 마리안느는 부모님과 오빠, 여동생들과 함께 밀린 이야기보따리를 풀어놓느라 시간 가는 줄 몰랐다. 그동안 못 먹었던 치즈와 빵, 늘 그립던 엄마의 요리를 마음껏 먹으며 그녀는 황금 같은 휴가를 만끽할 수 있었다.

그러나 행복한 시간이 흘러가는 사이에도 문득문득 소록도와 그곳 사람들의 모습이 떠올랐다.

아동치료실에서 영양제와 우유를 얻어먹고 무뚝뚝하게 꾸벅 인사하고 가던, 얼굴 가득 버짐이 피어난 그 순한 아이들은 잘 지내고 있을까. 영양제를 끊지 말고 계속 먹어야 하는데…….

순식간에 밖으로 기어나가 땅에 떨어진 더러운 것들을 입에 집어넣어 속을 썩이고, 얼굴이 새빨개지도록 앵앵 울다가 금세 꿈속의 햇살처럼 환하게 웃던 영아원 아기들

126

의 얼굴도 그녀의 눈에 계속 밟혔다.

마가렛은 인스부르크의 폐결핵 병원에 다시 취직해 간호사 생활을 계속하고 있었다. 마리안느와 마가렛은 그리스도 왕 시녀회의 정기모임에 늘 참석했다. 당시 서른 명쯤 되던 이 지역의 그리스도 왕 시녀회원들 사이에서는 모임과 나눔이 활발하게 이루어지고 있었다.

마가렛은 이따금 아버지의 차를 몰고 마트라이에 있는 마리안느의 집을 찾아가곤 했다. 집 주변을 걷거나 차를 마시다가도 소록도 이야기가 나오면 이들의 대화는 금세 푸른 바다를 가로지르곤 했다.

"다들 잘 지내고 있을까?"

둘은 시간과 공간을 넘어 사슴을 닮은 그 작은 섬에 오래오래 머물렀다. 두 친구의 마음속에서는 작은 섬을 둘러싼 그 푸른 바다가 끊임없이 물결치고 있었다.

헌 해롤드 대주교는 바티칸공의회에 참석했다가 돌아가는 길에 마트라이의 마리안느 집에 잠시 방문했다. 마리안느의 부모님과 가족은 현 대주교를 극진히 맞이했다. 부모님과 식사를 함께 하고 대화를 나누며 집안 분위기를 살펴본 현 대주교는 이야기를 꺼냈다.

"사실 그동안 마리안느를 보면서 이렇게 지독한 여자가 어디서 나왔나 대단히 궁금했는데, 부모님과 가족들을 뵙고 나니 그 궁금증이 저절로 풀립니다."

현 대주교의 말에 모두 함께 유쾌하게 웃었다. 그리고 그는 덧붙여 말했다.

"부모님께서 이렇게 잘 키워주신 예쁜 따님 덕분에, 저희가 큰 도움을 받았습니다. 참으로 고맙습니다."

대주교는 두 팔을 벌려 진심으로 마리안느의 부모를 치하하며 감사해했다.

인도에서

***

　마리안느와 마가렛의 소록도와의 인연은 아직 끝나지 않았다. 끝나기는커녕 이제부터 본격적으로 시작될 모양이었다.

　마리안느와 마가렛은 한센병자 구호단체인 벨기에의 '다미안 재단(The Damien Foundation)'의 책임자이던 사제가 인스부르크를 방문했을 때 그를 만나 이야기를 나누었다. 그리고 그 사제는 두 친구가 인도에 있는 한센병 의료기관에서 교육받을 수 있도록 주선해주었다.

　두 간호사는 재단의 지원을 받아 인도 남부의 마드라스(Madras) 주에서 한 시간 가량 떨어진 칭글레푸트(Chingleput)로 떠나게 된다. 6개월 동안 볼룸바캄이라는 작은 마을에 머물며 한센병의 의료현장을 체험하는데, 이

때 만난 다미안 재단 소속 의사 나베와 간호사 이다, 안 마리, 그리고 릴리와는 이 후에 소록도에서 다시 만나 함께 일하게 된다.

당시 인도는 인구 백 명당 한 명이 한센병을 앓고 있을 정도여서, 우려할 만큼 한센병이 만연한 상태였다. 그 지역의 한센병 환자들은 정착촌을 이루어 따로 살지 않았다. 평소에는 각자의 집에서 약을 먹으며 생활하다가 한 달에 한 번 의료진이 방문하는 자리에 모여 치료를 받았다. 이곳의 환자들은 병이 심각한 경우에만 마리안느 일행의 숙소 근처에 있는 작은 규모의 병원에 입원했다.

국제 가톨릭 형제회 소속의 의사인 클레르 벨루(Claire Wellout)가 젊은 인도 의사들을 이끌고 현장에서 환자들을 직접 치료하며 견습생인 그녀들도 지도했다. 벨기에 출신의 클레르는 훌륭한 인품과 실력을 갖춘 의사로 모두의 존경과 사랑을 받았다. 그녀가 지휘하는 의료진은 환자의 손이나 발 수술이 필요한 경우에 외과수술도 시행했다. 이곳의 의료진 모두 장갑이나 다른 보호 장비 없이 맨손으로 환자들을 진찰했다.

의료진과 환자들은 약속한 날짜에 정해진 장소의 커다

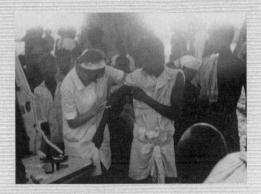

환우를 치료하는 마리안느

인도에서 동료 간호사들과 함께. 왼쪽에서 두 번째가 마리안느, 제일 오른쪽이 마가렛

란 나무 아래로 모인다. 치료는 새벽부터 시작되었다. 의사, 물리치료사, 보조치료사, 간호사, 견습생들이 모두 함께 움직였다. 마리안느와 마가렛은 견습생 무리에 속해 있었다. 그곳에서 두세 시간의 진료를 끝내면 의료진들은 다시 학교 등지로 이동해서 학생들을 진찰했다. 당시 인도에는 한센인 인구가 너무 많았으므로, 의료진은 증상을 일찍 발견하기 위해 십대 학생들을 찾아갔다. 중, 고등학생들은 100명, 200명씩 한꺼번에 검사를 받았다.

여자는 여자 의료진이, 남자는 남자 의료진이 맡아 우선 검안을 했다. 의료진은 환자들의 몸을 구석구석 살폈다. 지극히 작은 염증이나 피부 반응, 반점 등도 한센병의 진단을 위해서는 중요한 지표가 되기 때문이다. 그들은 머리끝부터 발끝, 발바닥까지 학생들을 주의 깊게 진찰하고 증상을 각자의 차트에 기입했다. 간호사들은 증상 여부와 정도의 차이를 살피고 꼼꼼하게 기록했다.

열악하기 짝이 없는 보건환경에 굶주림과 영양실조 등으로 환자의 수는 많았어도, 한센병이나 결핵 환자들을 관리하는 당시 인도의 의료진단 시스템은 영국식으로 되어 있어 체계적이었다. 마리안느와 마가렛 일행은 이 기간 동안 한센병의 진단과 치료에 대해 그때까지 알 수 없었던 실제적인 지식과 간호 노하우를 전수받으며, 하루하루 귀중한 배움의 시간을 경험할 수 있었다.

어느 날 남자 의사들의 얼굴이 빨개져 있는 것을 보고 궁금해진 그녀들이 그 이유를 물었더니, 늘 위트 넘치는 클레르가 젊은 의사들에게 짓궂은 농담을 던져서였다. 클레르는 한센병에 걸린 한 여인이 아이를 네 명 낳고 나서 완치된 예를 들며 이야기했다.

"그러니까 여기 의사분들, 병 낫게 하고 싶으면 여자 환자들을 임신시키세요, 어서어서…… 아시겠죠?"

얼굴이 붉어진 남자들을 보고 여자들은 웃으며 재미있어했다.

지금보다는 모두, 훨씬 순진한 시절이었다.

마리안느와 마가렛 일행은 다시 벨로르(Vellore)로 이동해, 보름 동안 개신교에서 운영하는 의료기관에서도 한센병 치료 교육을 받았다. 모든 일정을 마치고 오스트리아로 돌아온 두 사람은 이제 어디로든 떠날 준비가 되어 있었다.

마가렛이 다시 한국의 소록도로 갈 계획을 말하자, 그녀의 어머니는 솔직한 속마음을 털어놓았다.

"마가렛, 사실 너 혼자 간다고 했으면 걱정돼서 못 보냈을 거야. 너 하는 걸 보니 남들이 달라는 거 뭐든지 다 내주고 길에서 굶어 죽을 수도 있겠다 싶어서 말이다. 그래도 마리안느가 너와 함께 간다니 얼마나 다행이니? 걘 그래도 너보다는 훨씬 현실적인 편이잖아. 마리안느 덕분에 그나마 마음이 놓이는구나."

1966년 10월, 32세의 마리안느와 31세의 마가렛은 드디어 함께 소록도의 땅을 다시 밟게 된다. 견습 기간은 막을 내리고 마리안느와 마가렛이 함께 하는 본격적인 소록도 시대가 활짝 열린 것이다.

2부
—

소록도의
마리안느와 마가렛

다미안 재단과 함께

***

벨기에에 본부를 둔 다미안 재단은 성(聖) 다미안 신부의 정신을 기념하여 설립된 세계적인 구호 단체이다. 이 재단은 아프리카와 아시아의 각국에서 한센병 환자를 위한 광범위한 의료 활동을 전개해오고 있었다.

1966년 4월 15일, 벨기에의 다미안 재단과 대한민국의 보건사회부는 당시 구라사업(救癩事業)이라 불리던 한센인 구호사업 지원에 관한 협정을 체결하고, 향후 5년간 소록도 재원 환자들의 재활 수술을 지원할 것을 약속한다. 다미안 재단은 90만 1천불을 연차적으로 기부하기로 한 후 재단 소속의 전문 의료 인력들을 소록도에 파견한다.

마리안느 일행이 다시 소록도에 왔을 때는 이미 병원의 원장은 바뀌었고, 영아원 문은 굳게 닫혔으며 보육소는 병원에서 담당하고 있었다.

마리안느는 다미안 재단의 의료진이 올 때까지 남아 있던 몇 개월의 시간 동안 한국어를 배우기 위해 서울로 올라갔다. 그녀는 마포의 서강대학교 근처에 숙소를 잡고 연세대학교까지 걸어서 오고가며, 연세어학당에서 한 학기 동안 한국어를 배웠다. 마리안느는 시튼 수녀원에 소속된 미국 수녀들과 함께 수업을 들었다.

그동안 마가렛과 마리아는 소록도에 남아 아동치료실을 지키며 병원 업무를 돌보았다.

그리스도 왕 시녀회 회원인 마리아 디트리히는 금발의 아름다운 외모에 명랑 쾌활한 성격을 지녔다. 그녀는 마리안느 일행이 인도에서 교육받을 무렵 서울의 연세어학당에서 한국어를 배우며 소록도 행을 준비하고 있었다. 그녀 역시 후에는 인도로 가서 짧은 기간이나마 마리안느 일행이 교육받았던 한센인 치료기관에서 교육을 받고 돌아온다.

마리안느보다 네 살, 마가렛보다 세 살 어린 마리아는 물리치료사에 뜻을 두고 있었다. 그녀는 고국에서 스키선수로 활약했을 만큼 운동신경이 좋은데다가 타고난 흥이 있어 노래와 춤도 즐겼다. 가무를 좋아하는 한국인들이 노래하며 장구를 칠 때 마리안느와 마가렛은 손뼉을 치며 지켜볼 뿐이지만, 마리아는 직접 채를 잡고 장구를 치며 함께 즐겼다.

마리안느와 마가렛에게 '심심한 사람들'이라고 놀리기도 하던 그녀는, 소록도를 벗어나는 법이 없는 두 선배들과 달리 쉬는 날이면 혼자서도 이곳저곳 잘 놀러 다녔다. 물론 환자를 치료할 때는 아주 헌신적이었다.

몇몇 사람들은 마리안느, 마가렛, 마리아를 가리켜 '세마', 혹은 '삼마'라 부르기도 했다. 소록도에는 오지리에서 온 마(馬) 씨 여자가 특히 많은 셈이었다.

마가렛의 고향식 발음은 '마르기트'였지만 소록도에서는 간혹 이를 잘못 알아듣고 '마귀'라고 하는 사람들이 있었다. 그래서 그녀는 한국인들이 부르기 편한 영어식 발음인 '마가렛'으로 불리기 시작했다. 한 번은 어떤 할머니가 다가오더니 느닷없이 마가렛의 귀를 만져보는 것이었다. 그녀가 깜짝 놀라 이유를 묻자 할머니가 대답했다.

"귀는 우리랑 똑같이 생겼구마잉."

드디어 다미안 재단의 의료진들이 5년간 계약을 맺고 소록도에 도착했다. 모두 벨기에 인이었고, 수장은 다미안

다미안 재단의 의료진과 함께. 앞줄 왼쪽부터 마리아, 안 마리, 반 드로겐브룈 의사,
이다 클레상스. 뒷줄 왼쪽부터 마리안느, 나베 의사, 마가렛

환자의 발 사진을 보고 있는 반 드로겐브룈 의사와 마리안느
(사진 제공_이남철)

재단의 대표이며 성형수술 전문의인 반 드로겐브룩(Van Droogenbroeck) 박사였다. 마리안느 일행이 인도에서 만났던 의사 샤를르 나베(Charles Navez), 간호사 안 마리 가이(Anne Marie Gailly), 간호사 이다 클레상스(Ida Claessens)도 함께였다.

마리안느와 마가렛, 마리아는 다미안 재단에 속해 공식적인 간호사로서 업무를 수행하게 되었다. 인도에서 마가렛 일행과 함께 교육받은 릴리 간호사도 소록도에 왔지만 얼마 안 있어 자국으로 돌아갔다.

다미안 재단의 이야기는 소록도의 주민들 사이에서 단연 화젯거리가 되었다. 특히 아이들은 서양 사람들이 지나갈 때 멀찍이서 신기한 시선으로 구경하기도 했다.

다미안 재단이 소록도에서 행한 공식적인 의료 행위는 매우 큰 의미를 지닌다. 다미안 재단의 의료진들은 그때까지 전무했던 한센병 환자의 손 수술, 즉 수부재건술을 국내 최초로 도입하였고, 이는 이후 국내 의료진들에게 큰 영향을 주었다.

재단의 의사들은 한센병 환자들에게 필요한 각종 외과 수술을 시행했다. 또한 다미안 재단의 지원으로 국립소록도병원에는 현대식 장비와 시설을 갖춘 수술병동이 증축

되었다. 그리고 당시 재정 상황이 좋지 않던 병원의 의사나 직원들에게 비공식적으로 월급 형태의 경제적인 지원도 했다.

책임자인 반 드로겐브뢱 의사는 한센병에 조예가 깊은 전문가였다. 그는 도량이 큰 사람으로, 보육소 출신의 한국 소년 한 명을 자신의 집에 기거하게 하며 교육시키기도 했다. 반 드로겐브뢱 의사는 마리안느와 마가렛이 살던 관사의 위쪽 커다란 집에 살았는데, 유리로 온실을 지어 그 안에서 새들과 열대나무를 길렀다.

꼼꼼한 성격의 수간호사인 안 마리는 벨기에 정부 고위 관료의 딸이었다. 그녀의 남동생은 한국전쟁에 참전했다가 불행히도 전사했고, 오빠도 전투에서 큰 부상을 당했다. 간호사인 이다는 한국에 오기 전, 안 마리와 함께 아프리카 콩고의 한센인 마을에서 오랫동안 봉사하기도 했다.

부인과 어린 아들과 함께 내한한 젊은 나베 의사는 실력이 있는데다가 자상한 성품으로 마리안느, 마가렛과 개인적으로 가장 친했다. 그의 부인은 소록도에 와서 둘째 딸을 낳았다. 소록도 사람들은 '나비 선생님'이라 부르며 그를 잘 따랐다.

마리안느는 다미안 재단의 의사들을 도와 공식적인 수

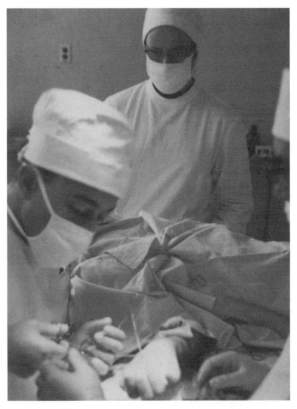

수술 중인 나베 의사와 마리안느. 지금의 소록도병원 행복병동 2층이 다미안 재단
의 당시 수술실이었다.

술실 간호사로 일했다. 그리고 한국인 박경자 간호사가 곧 수술실에 합류했다. 훗날 간호과장이 된 박 간호사는 마리안느, 마가렛과 깊은 우정을 나누는 친구였으며 더할 나위 없이 좋은 직장 동료이기도 했다.

그 규모에 관계없이 어느 조직이든지 보이지 않는 텃세가 있기 마련이다. 폐쇄된 작은 공간의 조직은 특히 그러하다. 마리안느와 마가렛의 국립소록도병원 내 위치는 애매할 수밖에 없었다.

마리안느와 마가렛은 분명히 병원에 소속되어 간호사로 일했지만 월급을 오스트리아 부인회에서 받았기에 병원의 정식 직원이 아니었다. 그녀들은 언제나 '자원봉사자'라는 직함에 만족했지만 병원 내에서의 그 존재감이나 실제로 수행하는 역할은 무척 컸다.

마리안느와 마가렛은 언제나 환자들의 절대적인 지지를 받았고 이로 인해 종종 병원 내 다른 직원들의 견제와 질시의 대상이 되기도 했다. 병원장이 새로 부임하고 인사이동이 있을 때마다 위치가 불안정해지는 외국 간호사들의 입장에서, 이해심이 많고 대화가 잘 통하는 박 간호과장의 존재는 참으로 든든한 것이었다.

마가렛도 가끔 수술실 일을 도왔지만 주로 마리아와 함

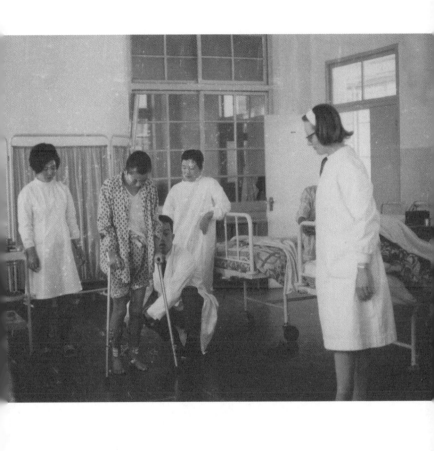

께 물리치료실을 담당했다. 마리아는 틈틈이 1층의 아동 치료실에서 어린이들을 돌보았다. 수술실 청소는 젊은 환자들이 담당하기도 했는데, 오스트리아 부인회에서 이들의 인건비를 지원했다.

당시 국립소록도병원의 모든 시설은 매우 열악했다. 다미안 재단은 수술실을 지은 뒤 이어서 의족실과 물리치료실도 신설했다.

이 시절 우리나라의 한센병 환자들은 발병 즉시 치료받지 못하고 최대한 병을 숨기다가 결국 증상이 악화된 후 뒤늦게 병원을 찾곤 했다. 그래서 사지마비나 지체장애로 고통 받는 환자들이 많았다. 다미안 재단은 주로 재활치료에 뜻을 두고 환자들의 안면근육이 마비될 때 돌아간 입이나 주변 근육이 굳어 잘 뜨지 못하는 눈, 특유의 형태로 곱아 오그라든 손가락의 재건수술을 많이 했다. 발가락이 썩어 극심한 고통에 시달리는 환자들도 많았다.

벨기에의 의료진은 절단 수술 등과 함께, 완쾌되었으나 후유증이 남아 있는 불구를 교정하는 정형 수술을 시행했고, 의료진과 의료 요원들에게 실무와 의료기술에 관한 교육을 실시했다. 이들은 수술할 때를 제외하면 입원실의 환자들과 직접 대면하지 않았고, 주로 환자들의 차트 분

146

석과 행정적인 절차를 처리하곤 했다.

반 드로겐브뢱 박사는 병원과 공조하여 1966년 12월부터 6개월 간 관리가 소홀했던 진료기록을 대대적으로 정비했다. 그 결과 가짜 환자가 240명이나 적발되었다. 당시한센병 환자에게는 부족하나마 쌀 배급이 있었는데, 이쌀 배급을 받기 위해 신분을 위장하여 소록도에 들어올만큼 딱한 처지의 사람들이 많았다.

이 무렵 반 드로겐브뢱 박사가 보건사회부에 제출한 보고서에 따르면, 다리 절단을 하지 않아도 되는 외래환자를 의사가 부족하다는 이유로 다른 환자가 절단 수술하여장애인을 만드는 사고가 있었을 정도로 소록도병원의 의료체계에는 문제점이 많았다.

다미안 재단의 의료진들이 한센병의 치료에 대한 개념과 실제 기술 등 모든 면에서 소록도병원과 비교할 수 없을 만큼 앞서 있었음을 부정할 수는 없다. 당시 서구의 의료 수준은 우리나라보다 훨씬 높았던 데다가 부단한 시행착오를 거친 치료약의 개발로 유럽은 이미 한센병을 극복한 상태였기 때문이다.

국립소록도병원에서의 탁월한 의료적 업적과는 별개로, 살아온 문화가 동양인들과는 전혀 다른 다미안 재단

의료진들의 행동과 태도는 더러 우리나라 정서에 맞지 않아 직원과 주민들 사이에서 이야깃거리가 되기도 했다. 모두가 그랬던 것은 결코 아니지만 의료진 중 일부의 행동에서는 이곳에 비해 앞선 서양문화에 대한 뿌리 깊은 우월감이 엿보였다. 어떤 이는 5년의 체류기간 동안, 업무시간 외에 환자는 물론 직원들에게도 전혀 말을 걸지 않았다.

또 어떤 이는 커다란 암말을 타고 다녔다. 당시 소록도에 말을 타고 다니는 사람은 아무도 없었으니 이는 눈에 띄는 행동일 수밖에 없다. 호주에서 공수되어 온 말은 나이가 많고 기운이 딸려, 몸집 큰 사람을 태우고 걷는 게 힘들어 보였다.

세마 간호사들

***

　다미안 재단과는 또 다른 차원에서 오스트리아의 세 간호사가 환자들을 대하는 태도는 모두를 깜짝 놀라게 했다. 환자 지대와 직원 지대를 엄격하게 가른 철조망과 함께 큰길 가운데 가시 돋친 탱자나무들이 양쪽으로 서로의 왕래를 막던 시절이었다. 이들이 오기 전 국립소록도병원의 의료진은 방역복과 마스크, 장갑을 단단히 착용한 채 환자와 최대한 거리를 두고 앉아 펜으로 환자의 신체 부위를 가리키며 진료했다. 환자들이 만졌던 물건이나 서류는 곧바로 증기소독을 했다.

　그러나 이를 비난할 수만은 없었다. 그 시절 소록도에 오기를 희망하는 의료진은 극히 드물었다. 물리치료사도 이곳에 발령을 받으면 대부분이 그 자리에서 사표를 써버렸다. 당시 환자의 수가 수천 명임에도 병원의 의사가 3명, 간호사가 5명뿐이었던 이유이기도 하다. 상황이 이렇다 보니 상태가 좀 나은 환자들이 의사와 간호사의 어깨너머로 배운 의료 행위를 하는 일도 흔했다.

소록도병원 내 약국 안에 텐트를 쳐 놓고 의료원 역할을 하는 환자가 내원 환자의 몸을 여기저기 만져 보면서 감각이 있나 없나 검진한 후 바로 주사를 놓거나 약을 처방하기도 했다. 그렇다 보니 약을 너무 많이 처방받거나 잘못 먹어 몸이 더 안 좋아지는 경우도 흔했다.

그런데 새로 온 마리안느를 비롯한 간호사들은 방역복이나 장갑 없이 하얀 가운만 걸친 채 아무렇지도 않게 환자들의 상처를 만질 뿐 아니라 소독한 후 곪아 악취를 풍기는 상처의 냄새를 맡아보기도 하고 피고름을 직접 짜내고 약도 맨손으로 발랐다.

결절과 고름으로 처참한 상태인 환자들의 다리를 때로는 자신의 무릎 위 앞치마에 얹어놓고, 꼭 애지중지하는 보물 다루듯이 이리 만져보고 저리 만져보며 치료하는 간호사들의 모습은 보는 이의 마음을 움직였다. 온몸에 물집이 생겨 상처가 연신 터지고 진물이 흐르는 환자들의 전신 치료를 하려면 몇 시간이 걸릴 때도 있었다. 이들은 긴 시간을 온전히 집중하며 환자의 상처를 소독하고 약을 발라 주었다. 세 간호사는 환자들의 대소변도 아무렇지 않게 받아냈고, 솔이 안 보일 때면 맨손으로 변기를 닦기도 했다.

한 번은 병원의 2층에서 마가렛이 환자의 상처를 소독하고 있었다. 그녀가 부풀어 오른 상처의 고름을 짜내는 순간 피고름이 그녀의 몸과 옷에 튀었다. 환자가 놀라 "아이고 이걸 어쩌나! 미안합니다" 하고 사과하자 마가렛은 환자를 쳐다보면서 "뭐가 미안해요?" 하고 되물었다. 오히려 당황한 환자가 "무섭지 않으세요?" 하고 묻자 마가렛이 웃으며 대답했다.

"뭐가 무서워요? 나는 괜찮아요. 정말로 괜찮아요."

항간에는 간호사들이 환부의 피고름을 입으로 빨아낸다는 얘기가 떠돌기도 했지만 그것은 다분히 과장된 소문이었다. 구태여 그런 방식으로 치료할 필요가 없었기 때문이다. 간호사들이 환자의 상처에 얼굴을 바짝 갖다 대고 치료하다보니 그런 소문이 생겨난 것이다.

물론 다미안 재단의 의료진들도 수술할 때를 제외한 평상시에는 마스크와 장갑을 끼지 않은 맨손으로 환자들의 상처를 진찰하곤 했다. 인도의 의료현장에서도 그랬듯이,

서양 의료진들은 건강한 성인에게 한센병이 전염될 확률
은 극히 미미하다는 사실을 이미 잘 알고 있었던 것이다.

그러나 이 간호사들의 태도에는 환자들의 가슴을 울컥
하게 만드는 특별한 것이 있었다.

한센병 환자들은 늘 타인의 눈빛에서 어두운 그림자
를 본다. 저 병이 자신에게 전염되지 않을까 우려하는 두
려움의 표정들. 공포의 대상을 쳐다보는 깊은 어둠의 눈
빛은 환자들을 육체의 고통보다 더 뼈아프게 하는 저주의
시작이자 끝이었다.

그리고 그 눈빛들과 함께 환자들은 주변 모든 것으로부
터 추방되어 왔다. 부모 형제도, 친구도, 고향마을도, 선생
님도, 학교도, 심지어 병원도, 모두가 그들을 두려워하고
소외시켰다. 결국 환자들도 살기 위해서는 저주에 익숙해
지고 스스로도 세상을 저주하는 수밖에 없었다.

그들은 온몸에 늘 죽음의 그림자를 짊어지고 다녔다.
무엇으로도 치유할 수 없는 뼈저린 소외감이 환자들의 영
혼을 깊이 잠식하고 있었다. 아무도 그들의 아픔을 온전
히 이해할 수는 없으리라.

그러나 마가렛과 마리안느, 마리아의 시선은 달랐다.

세 사람의 눈빛에는 그 어떤 두려움도 깃들지 않았다.

'세상에 저런 눈빛도 있구나!'

온전한 시선을 그리워하던 환자들에게는 참으로 낯선 감동이었다. 이 병이 자신들에게 옮지 않으리라는 확신에서 나온 것만은 아닌, 그것은 실로 환자들이 일반인들에게서 처음 보는 눈빛이었다. 이역만리 타국에서 온 젊은 간호사들은 자신들을 두려워하기는커녕 사랑으로 돌봐주는 '진짜 어머니'의 표정을 하고 있었다.

그녀들의 젊음과 활기 그리고 애정 어린 간호는 병마에 찌들대로 찌들어 있던 이곳 환우들에게 기적처럼 느껴지는 밝은 빛이었다.

외국 간호사들의 이런 태도에 국내 의료진도 큰 자극을 받았다. 병원의 직원들은 환우들의 곪은 상처에서 나는 냄새가 심하다고 불평하며 늘 마스크를 쓰고 최대한 병실에서 먼 길로 다녔었는데, 언제부터인가 마스크도 벗고 환자들에게 다가와 말을 걸기 시작한 것이다.

물리치료실의 마가렛과 마리아는 환우들의 수술 전후 처방을 맡았다. 물리치료사인 김오수 장로가 곧 합류했다. 유능하면서도 성실한 김 장로는 앞으로도 오랫동안 박경

물리치료실의 마가렛

환우를 치료하고 있는 마가렛과 마리안느

자 간호과장과 마찬가지로 마리안느와 마가렛의 믿음직스런 동료로서 함께 하게 된다.

당시에는 환자들이 골절사고를 당해도 외과가 아닌 물리치료실에서 깁스를 했다. 물리치료실에서는 운동치료와 함께 손이 부자유스러운 환자들을 위한 온열치료도 많이 했다. 오일을 섞은 파라핀에 환자들의 곱은 손을 담가 따뜻하게 해주면 혈액순환이 되면서 움직임이 좋아지고 나중엔 손가락이 펴지기도 했다.

그리고 온열 치료 후에는 환우들의 피부가 부드러워져서 의사들이 수술하기가 더 용이했다. 시차를 두고 여러 번 반복하면 꽤 효과가 좋았기에 마가렛과 마리아는 정성껏 환우들에게 온열치료를 시행했다.

그런데 치료 후에는 손에 파라핀이 묻어 미끌미끌해지니까 환자들은 그 느낌이 낯설어 몰래 비누로 손을 닦곤 했다. 그런 모습이 눈에 띄면 마리아는 환자들의 귀를 가차 없이 잡아당겼다. 마리아는 치료할 때는 전혀 타협하지 않는 성격이었다.

"조금만 참지, 겨우 마사지했는데 왜 씻어내요!"

물리치료실의 한 칸은 수치요법실이었다. 수치요법(水治療法)은 다양한 온도의 물이나 수증기로 환자들의 몸에

155

어린이들에게 우유를 먹이는 마리안느

자극을 주어 치료하는 방법이다. 물리치료사가 작은 통에 환자의 두 다리를 담가 모터를 돌려 데운 물로 씻어내며 치료할 때도 있었고, 전용침대에 뉘인 환자를 기계를 이용해 대형 물통 속에 집어넣어 전신요법을 행하기도 했다. 보통 이런 요법은 혼자서 시행할 수가 없었다.

김오수 장로와 간호사들은 함께 기계를 돌리며, 온몸에 결절과 상처가 난 환자를 물통에 담그고 다양한 방식으로 마사지하고 씻어냈다. 수치요법이 끝난 이후에는 마가렛과 마리아가 환자의 상처를 닦아내고 약을 발라주는 궤양치료를 시행했다. 이 과정은 대체로 두세 시간 이상 걸렸다. 치료사들의 체력과 정성이 동시에 필요한 수치요법으로 효과를 본 환자들이 꽤 있었다. 그밖에 물리치료실에서는 안면마비 환자들을 위한 전기치료도 시행했다.

아동치료실은 여전히 아동과 청소년으로 북적였다. 인근 중학교는 학교의 정규 수업시간을 공식적으로 병원 치료에 할당하기도 했다. 학생들은 그 시간이 되면 병원의 아동치료실에 와서 약을 타 먹기도 하고, 뛰어놀다 넘어져 다친 곳이나 벌레 물려 가려운 곳 등 다양한 증세에 대한 포괄적인 치료를 받았다.

마리아는 아동치료실에 오지 못하는 학생들을 위해 가끔 조회시간에 중학교를 방문해 학생들을 줄 세워놓고 치료하기도 했다. 한센병에 걸린 학생들에게는 혈액검사를 거친 후 약을 처방했고 다른 학생들에게는 영양제, 구충제와 함께 초콜릿도 나눠주었다.

학생들은 가끔 외국어처럼 들리기도 하는 마리아의 특이한 한국어를 재미있어했다. 한 중학생이 팔에 생긴 염증으로 인한 가려움증을 호소하자, 마리아는 "그 발 책상에 올려 봐요"라고 말했다. 그래서 학생이 발을 올려놓으려 하자 마리아가 "아니, 발 말고 발"이라고 해서 모두 웃어버린 일도 있었다.

어떤 환우들은 병원을 찾아와 썩어 가는 발가락이나 다리의 통증을 호소하며 제발 좀 잘라내 달라고 애원했다. 절단 수술 날짜가 쉽게 잡히지 않자 의료진들 앞에서 유리병을 깨어 자해를 하며 시위하는 환우도 있었다. 마리안느와 마가렛은 어쩔 수 없는 경우가 아니면 되도록 환자들의 지체를 절단하지 않고 치료하고자 최선을 다했다.

그러나 아픔을 참다못한 몇몇 환자들은 한밤중 병실에서 몰래 썩어가는 발목을 스스로 잘라내기도 했다. 아무

약도 바르지 않은 채 환자가 직접 톱으로 자신의 다리를 절단하니 피가 사방으로 튀고 견디기 힘든 고통이 뒤따랐지만, 환자들은 '자통'이라 불리던 신경통보다는 차라리 그 편이 더 낫다고 했다.

반면 절단 수술이 시급한 상황인데도 절대 수술을 받지 않겠다고 고집하는 환자를 의료진들이 설득해야 하는 경우도 종종 있었다. 마리안느와 마가렛은 서로 다른 환자들의 상황에 맞게 치료 방향을 잡고 설득하느라 고심을 거듭해야 했다.

한센병의 후유증으로 한쪽 다리의 신경이 마비된 젊은 여인, 고순이 씨(가명)의 고통은 이루 말할 수 없었다. 관절에서 물이 나오고 상처에 구더기가 생기면서 계속 부어올라 그녀는 급기야 걸을 수 없게 되었다. 어느 날 병실의 창밖을 내다보던 마리안느가 그녀를 불렀다. 처음 왔을 때에 비해 한국말이 많이 능숙해진 마리안느는 환자들과 대화를 주고받는 것도 가능해졌다. 그러나 존댓말은 어려워 반말로 대화할 때도 있었다. 마리안느는 창문 아래로 보이는 환자를 가리키며 고순이 씨에게 말했다.

"순이, 저 아래 저기 좀 봐. 저 사람 잘 걸어 다니지? 다리 없는 저 사람도 저렇게 잘 걸어 다니네. 다리 없어도

의족 하고 서울도 가고 미국도 가고 그래. 그런데 자기를 봐. 병원 와서 치료하고 집에 갔다가 또 아파서 병원에 와. 나아지는 게 아니라 점점 더 아파지잖아. 다리 잘라도 잘 살 수 있어. 더 잘살아. 우리가 도와줄게, 응?"

마리안느는 차마 용기를 내지 못하던 고 씨를 설득해 다리 절단 수술 날짜를 잡았다. 그러나 막상 수술대에 오를 시간이 다가오자 고 씨는 두려움과 불안에 떨며 울기 시작했다. 마리안느와 간호사들도 그런 그녀를 따라 울고 말았다.

다행히 수술 경과가 좋아 고 씨는 긴바지나 긴치마를 입으면 의족을 했는지 알아채지 못할 정도로 자연스럽게 보행하게 되었다. 고순이 씨는 생명의 은인과도 같은 마리안느가 없었다면 끝없는 고통과 절망 속에서 남은 생을 보냈을 거라고 생각했다.

세 간호사들은 간호사로서의 업무 이외에도 환우들의 이야기를 들어주느라 늘 시간이 부족하고 바빴다. 비록 무슨 말인지 정확히 이해하지는 못했지만, 그녀들은 업무 시간 틈틈이 환우들의 구구절절한 사연에 귀를 기울였다. 환우들은 자신의 이야기를 진심으로 들어주는 누군가 있다는 사실만으로도 커다란 위로를 받았다.

당시의 환우들은 세 간호사가 아주 예뻤다고 이구동성으로 말한다.

"그 간호원들이 치료해주는 모습이 얼마나 예뻤던지…… 아이고 하늘의 천사가 아니라 땅의 천사야. 그 세 명에게서는 빛이 났어요, 빛이."

"저기 큰 극장에 나오는 외국 여배우들 있잖아. 근데 그보다도 더 곱지 우리 눈에는."

"마리안느 씨는 머리가 완전히 금발인데 단발로 잘랐더니 머리끝이 안으로 살짝 말려 가지고 예뻤어. 마가렛 씨는 진한 갈색 머리인데 묶기도 하고 올리기도 했지. 얼마나 미인이었는지 몰라."

"그런데 이쁘기로 따지면 마리아 씨가 젤 이뻤을까?"

"아무튼 다 이뻤어요."

젊은 시절 마리안느는 날씬했고 마가렛은 좀 통통한 편이었는데, 소록도의 어른들은 마가렛을 '맏며느리감'이라고 했다. 환우들은 마리안느와 마가렛에게 짓궂은 질문을 던지기도 했다.

"결혼은 했어요?" "결혼 못했죠? 언제 결혼해요?"

그러면 마가렛은 킥킥 웃었고 마리안느는 짐짓 근엄한 표정을 지었다. 그녀들의 대답은 언제나 한결같았다.

"우리는 결혼 벌써 했어요."

"결혼 했어요? 누구하고 했는데요?"

"환자들하고 했지."

"그러니까, 환자 누구?"

"그냥 그런 줄 알아."

평소에는 마가렛이 좀 더 농담을 잘했다. 약의 후유증으로 온몸의 피부가 새까맣게 변한 어느 환우의 팔짱을 끼며 마가렛이 "나 결혼했어, 이분이랑!" 하고 말해 모두를 웃게 만들기도 했다.

김정훈(가명) 씨는 스무 살이 채 되지 않아 한센병 판정을 받았을 때, 하늘이 무너지는 듯한 절망감을 느꼈다. 그는 소록도에 들어온 이후 아무에게도 들키지 않고 죽을 수 있는 방법만 궁리하며 지냈다. 어느 날은 쥐약을 사서 먹으려 했지만 끝내 용기가 나지 않아 먹지도 못하고 한숨 쉬며 자책할 뿐이었다.

그러던 그가 하루는 신생리의 작은 밭을 지나다가 한 할머니가 밭을 매는 모습을 보았다. 그 할머니는 손과 발이 성치 않았다. 특히 손이 없어 붕대로 손목에 호미를 고정시켜 일을 했다. 그런데 그녀의 곁을 지키는 할아버지

조막손에 호미를 고정시켜 밭일을 하는 환우 (사진 제공_노르베르트 피사렉)

는 손발은 멀쩡했지만 눈이 보이지 않는 듯했다. 그래서 일을 마치고 나면 할머니는 할아버지의 등에 업혀 집으로 돌아갔다. 길에서 고랑을 만나면 등 뒤의 할머니가 "뛰어!" 하고 소리쳤고, 할아버지는 그 소리에 고랑을 뛰어넘을 수 있었다. 할머니는 그렇게 밭으로 나가 온갖 밭일을 한 후, 해가 지면 다시 할아버지의 등 뒤에 업혀 길을 안내해주며 집으로 돌아가는 것이었다.

김 씨는 그 광경을 보자 머리를 한 대 얻어맞은 것 같았다. 저 연로한 분들도 열심히 일을 하며 살아가는데 한참 젊은 내가 이렇게 나약하게 죽을 수는 없지 않은가. 오랜만에 삶의 의지가 생겼다. 그러자 갑자기 그는 심한 배고픔을 느꼈다. 그동안에는 늘 죽을 생각만 해서 그랬는지 배고픈 줄도 몰랐던 것이다.

그러나 이것은 또 다른 불행의 시작이었다. 이제 살아볼 생각으로 주변을 돌아봤으나 먹을 것이 없었다. 결국 배고픔을 견디다 못해 김 씨는 소록도에서 다시 도망쳐 나와 고향집으로 돌아갔다. 인근에 새로 생긴 한센인 정착촌이 있어 그곳에 몸을 두고 동냥으로 얻어먹으며 살아갔다. 그런데 어느 날 산 위에 한센인들이 모여 산다는 것을 알게 된 아랫동네 사람들이 산 밑에 불을 질러버렸다.

그래서 그곳에서도 쫓겨난 그는 할 수 없이 다시 소록도로 오게 되었다. 그 사이 병세는 더욱 악화되었고 몸무게는 자꾸 줄어 그야말로 뼈만 앙상하게 드러난 상태였다. 진찰을 마친 의사는 가망이 없다며 고개를 저었고, 김 씨 스스로도 이제는 죽음뿐이라고 느꼈다.

어느 날 침대에 누워 사경을 헤매는 그의 흐릿한 눈앞에 하얀 옷을 입은 간호사들이 보였다.

마리안느는 각종 검사를 시행한 후 그에게 약을 복용하도록 했다. 한센병 치료제인 람프렌은 효과가 좋으나 부작용도 동반하는 약이었다. 이 약을 복용하면 내재해 있던 균들이 밖으로 표출되는 과정에서 피부가 까매지고 특히 결절이 생기는 부분은 새카맣게 변한다. 그러나 균이 모두 사멸하면 환자는 다시 피부색을 되찾는다고 했다. 2~3년 동안 람프렌을 복용하며 투병 생활을 하는 도중에 이 부작용으로 치료를 포기하는 환자들도 적지 않았다. 피부가 새카맣게 변한 자신의 모습을 거울로 마주하는 것은 쉬운 일이 아니었다.

김 씨는 독한 약을 복용하며 치료를 이어나가다 보니 음식을 넘길 힘조차 없어 제대로 먹지도 못했고, 대소변을 가릴 수도 없었다. 투병 과정이 너무 힘들어 포기하고 싶은 마음도 들었지만 그럴 때마다 마리안느는 완치되는 과정이라고 위로하며 곁에서 늘 힘이 되어 주었다.

마가렛은 음식을 먹지 못하는 그를 위해 직접 사과 젤리를 만들어 한 숟가락씩 떠서 입에 천천히 넣어주기도 했다. 그가 젤리를 삼키지 못하자 마가렛이 달래듯 말했다.

"하느님을 위해서 한 입, 마리안느를 위해서 한 입, 그리고 나를 위해서 한 입. 그렇게 딱 세 입만 먹어봐요."

그녀가 정성껏 입에 넣어주는 음식을 겨우겨우 삼키며 김 씨는 매번 눈시울이 뜨거워졌다. 마가렛은 그의 대소변도 받아냈다. 그렇게 힘든 하루하루를 버티며 조금씩 차도를 보이기 시작한 김 씨는 자리에 누운 지 석 달 만에 일어날 수 있었다. 오랫동안 걷지 못해 다리에 전혀 힘이 없었지만 그는 이를 악물고 벽을 짚은 채 걷는 연습부터 시작했다.

인내의 투병 생활 끝에 김 씨는 완치 판정을 받아 본래의 피부 상태를 회복하고 아무 무리 없이 일상생활을 할 수 있게 되었다. 그에게는 기적으로밖에 느껴지지 않았다.

마리안느와 마가렛은 그에게 있어 생명의 은인이었다. 그녀들처럼 헌신적인 희생과 사랑을 실천하는 사람을 다시 만날 수 있을까. 세상으로부터 버림받았다고 느낀 절망의 순간, 신은 바로 자신의 곁에서 매순간 함께 했음을 느꼈다고 김 씨는 그 당시를 회고한다. 김 씨에게 마리안느와 마가렛은 말로는 설명할 수 없는 존재의 사랑이 인간으로 현현된 것이나 다름없었다.

마가렛은 수술 후 기운을 차리지 못하는 환우들을 위해 구하기 힘든 커다란 가물치를 사다가 직접 고아 먹이기도 했다. 그렇게 정성껏 치료하고 돌본 환우들의 기력이 회복되면 그보다 더 큰 보람이 없었다.

마리안느와 마가렛에게는 병원뿐 아니라 성당의 행사도 중요했다. 1968년에는 4년 전 소록도성당의 보좌신부로 부임했던 성 골롬반 회 소속의 미국인 사제, 서 로베르토(Robert Peter Sweeney)가 주임신부로 발령된다. 서 신부는 마리안느와 마가렛이 어려운 상황에 처할 때마다 소중한 조언과 나아갈 방향을 제시해 주었으며, 개인적으로도 친밀해 서로의 속내를 허심탄회하게 털어놓는 친구이기도 했다.

서 신부는 정치적 목소리를 내는 데에도 주저함이 없었다. 그는 이후 빈민사목과 농민사목, 민주화운동에 투신해 평생을 이 땅의 가난하고 소외된 이들과 함께 했다.

이 시절 마리안느를 비롯한 간호사들은 언제나 바빴다. 공식적인 업무만 해도 늘 넘쳐나는데다 입원실 환자의 관리체계가 제대로 갖춰져 있지 않아 간호사도 시시때때로 병원과 주방을 오가며 환자의 식단까지 살펴봐야 했다. 수술 환자들의 상태에 따라 미음이나 부드러운 곡물로 개별적인 식이요법을 관리하는 것은 간호사들의 몫이었다.

마리안느는 맏언니로서 간호사의 모든 업무를 대외적으로 총괄했고, 프랑스어를 자유자재로 구사하는 마가렛은 다미안 재단 사람들의 통역도 담당해야 해서 가끔은 업무가 과중했다.

세 간호사의 유일한 휴식은 섬을 둘러싼 바다에서 헤엄치는 일이었다. 오스트리아의 여름은 기온이 높기는 하지만 건조해 열대야가 없고, 대낮에도 그늘에 들어가면 더위를 피할 수 있다. 그래서 세 간호사는 여름에 땀을 흘려본 기억이 거의 없다. 그런데 소록도의 여름은 밤에도 습하고 더워서 익숙해지기까지 고생을 좀 해야 했다.

이들은 종종 제비선창 쪽의 바다에 들어가 헤엄을 즐겼다. 이때만큼은 그녀들도 모든 일을 다 잊고, 좋아하는 노래를 흥얼거리며 지친 심신을 달랬다. 세 간호사들은 낮에 바빠서 수영을 못한 날이면 밤바다를 찾아서라도 수영을 즐기며 이야기꽃을 피우기도 했다.

"근디 다들 띠가 뭔지 아는가? 마가렛은 무슨 띠지? 나는 개띠."

"알지, 왜 몰라. 언니 개띠? 나 돼지띠."

마가렛은 마리안느를 한국말로 '언니'라 불렀다.

"마가렛 돼지띠. 가만있어봐 어제 배웠어. 자기, 뭐라고 띠 세는 거."

"마리아는 호랭이띠."

"나, 호랭이?"

"젤루 어린 마리아, 호랭이띠."

셋만 있을 때는 독일어를 쓰지만, 이제 가끔씩 구수한 전라도 사투리를 섞어 대화하기도 하는 간호사들은 벌써 반은 한국 여인이 된 듯 했다.

5년의 계약기간은 쏜살같이 지나갔고, 1971년 4월에 다미안 재단은 소록도에서 철수한다. 마지막 계절에는 체류 연장에 대한 이야기가 들리며 재단 측에서 긍정적인 반응을 보이기도 했으나, 결국 다미안 재단과 국립소록도 병원과의 재계약은 이루어지지 않았다. 이들은 떠나기 전에 그동안 사용했던 모든 의료기구와 수술 장비, 소독기구를 소록도병원에 기증했다.

이 무렵에 벨기에 여왕이 소록도를 방문할 예정이라는 소문이 들려왔다. 당시 소록도에는 수세식 화장실이 없었기 때문에 여왕 방문 시 묵을 집에는 수세식 화장실과 기름보일러가 설치되기도 했다. 그러나 다미안 재단의 철수가 확정되면서 벨기에 여왕의 방문은 불발되었다.

한국정부는 그동안의 공적을 기려 반 드로겐브뢱 박사에게 국민훈장 동백장을, 간호사들에게는 보사부장관 표창장을 수여했다. 다미안 재단의 국립소록도병원 해단식과 환송식은 성대하게 치러졌다. 그동안 다미안 재단으로부터 큰 도움을 받아온 소록도 주민들은 의료진에게 진심으로 고마움을 표하며 아쉬운 마음을 감추지 못했다.

소록도의 중앙공원에는 '다미안 공적비'가 세워졌다. 비석에는 다미안 재단 의료진들의 이름과 함께 다음과 같은 문구가 새겨졌다.

Belgium Damien Foundation 공적비
현대식 장비와 시설을 갖춘 수술 병동 증축, 400여 회의 불구환자 교정 및 정형수술, 의지창 설치 및 제작교육, 전남 12개 군의 의료보조원 교육 및 생계보조, 국립 나병원

170

중앙공원에 세워진 다미안 공적비

중앙공원의 세마 공적비

의무직 공무원 기술지도 및 생계보조.

이로부터 한 달쯤 후인 1971년 5월 17일에는 마리안느와 마가렛도 당시 김태동 보사부 장관으로부터 감사패를 받는다. 이미 이 시기부터 마리안느와 마가렛의 이름은 흔치 않은 미담의 주인공으로 전국에 회자되기 시작했다. 아무리 그녀들이 인터뷰를 거절하고 조용히 지내고 싶어한다 해도, 그 행적이 알려지는 것까지 막을 수는 없었다.

소록도 개원 56주년이기도 한 그날, 소록도 중앙공원에서는 '세마비'의 제막식이 열렸다. 마리안느와 마가렛, 그리고 마리아의 이름이 새겨진 이 공적비의 건립은 2년 전에 국립소록도병원장으로 복귀한 조창원 원장이 추진했다. 조 원장은 별 모양으로 된 이 비석의 디자인도 손수 담당했다.

세마비
이역만리 한국 땅 소록도에 와서 영아원, 물리치료실, 입원실에 대한 환자 간호와 음성환자 정착사업을 적극적으로 추진하였기에 그 업적을 찬양하고 길이 빛내기 위하여 이곳에 공적비를 세우다.

마리안느와 마가렛은 남들 앞에 나서서 공개적으로 받는 상을 진심으로 꺼렸다. 예의상 사양하는 것이 결코 아니었다. '오른손이 하는 일을 왼손이 모르게 하라'는 말은 이들의 좌우명 중 하나였다. 간호사들은 이번에도 비석을 세우지 말아달라고 몇 번이나 건의했지만, 그 행적을 기리고픈 소록도 사람들의 의지마저 꺾을 수는 없었다.

삼십 대 후반의 젊은 나이에도 마리안느와 마가렛은 평생을 소록도에서 봉사하며 살다가 이 땅에 묻히겠다고 이미 마음의 결심을 굳힌 상태였다. 그녀들은 묘비를 따로 세울 필요도 없이 자신들이 죽고 나면 화장해서 여기 세마비 아래 묻어 달라고, 유언을 남기듯 말하곤 했다.

1972년 여름 마리아는 잠시 오스트리아로 휴가를 떠났다. 소록도에 물리치료사가 더 필요해 물리치료 교육기관에 대해 알아보던 중 몸에 이상을 느낀 그녀는 건강검진 결과 유방암 판정을 받았다. 그녀가 한국에 온 지 8년만의 일이었다.

그동안 소록도병원의 모든 업무를 함께 하며 동고동락해온 마리아는 동료이자 친구 이상이었다. 그런 그녀에게 찾아온 날벼락 같은 소식에 마리안느와 마가렛은 무척 놀라고 마음이 아팠다. 하지만 낙천가인 마리아는 오히려 걱정하는 언니들을 위로하며, 쾌활한 태도로 빨리 회복해서 소록도로 돌아오겠다고 말했다.

든 자리는 몰라도 난 자리는 안다고, 언제나 셋이 함께 일하다가 둘만 남은 이후 마리아의 빈자리는 예상보다 더 크게 느껴졌다. 물론 병원에서의 업무시간도 바빠졌다. 소록도에 남은 두 간호사는 마리아의 완쾌를 위해 매일 기도하며 기다렸다.

마리아는 이후 몇 년간의 투병 생활을 통해 완치 판정을 받고 건강해졌다는 소식을 전해 왔다. 비록 다시 소록도로 돌아오겠다던 약속은 지킬 수 없었지만, 마리아 역시 오스트리아에서 일생을 독신으로 지내며 환자들을 돌보는 삶을 살았다.

이렇게 해서 소록도의 '세마 시대'는 막을 내린다.

천막을 세우다

***

마리안느와 마가렛은 한센인 환우들을 돌보는 간호사로서의 직분에 충실한 삶에서 한 걸음 더 나아가 환우들의 자립을 도울 수 있는 길이 무엇일까에 대해서도 고민을 거듭하기 시작했다.

치료가 끝나 완치 판정을 받은 환자들은 소록도를 떠나야 한다. 당시만 해도 새로 발병해서 들어오는 이들이 많았기에 병상은 늘 모자랐다. 소록도에서는 부족하지만 식량 배급도 나오고, 같은 처지의 병자들끼리 모여 있다 보니 외부로부터 차단되어 보호받는 측면도 있었다.

그러나 완치되어 사회로 나간 한센인들의 자립은 참으로 어렵고 힘들었다. 사회는 완치된 환자조차 받아들이려 하지 않았다. 환자 중 일부는 치료 후유증으로 감각신

경과 운동신경이 손상되어 얼굴이나 손발 등에 변형 흔적이 남아 있어서 더욱 힘든 상황이었다. 그러나 한센병을 앓았다는 사실을 알아챌 수 없을 만큼 외형적으로 깨끗이 나은 환자도 어려움을 겪기는 마찬가지였다.

한 번 한센병을 앓은 사람에게는 '나환자'라는 꼬리표가 평생을 따라다녔다. 심지어는 나환자의 가족이라는 이유로 취업이나 결혼에 보이지 않는 사회의 편견이 작용하기도 했다. 이는 한센인에게는 또 다른 천형과도 같은 아픔이었다.

환우들의 자립이 어렵다는 것을 알게 된 마리안느와 마가렛은 이번에도 오스트리아 부인회에 적극적인 지원 요청을 해서 사회로 나갈 시기가 된 한센인 가정에 정착금을 지원하게 되었다. 이는 그녀들에게 한센병을 치료하는 일만큼이나 중요한 사업이었다.

1971년 4월, 마리안느와 마가렛은 전남 장성군 진흥면의 땅 4,000평을 구입해서 자립이 필요한 여덟 가정에 나눠주었다. 오랜 고민 끝에 아이가 있는 가정을 우선 배려했다. 평소의 신념대로 천주교와 장로교를 가리지 않고 지원금을 주었다. 그러자 장로교 성직자들은 우리 신도를 빼가려는 거냐며 불만을 터뜨렸고, 천주교 관계자들 또한 서운한 마음에 볼멘소리를 했다. 종교와는 관계없이 사람을 먼저 살피려는 마리안느와 마가렛의 마음을 이해하지 못하는 사람들이 있어 매번 겪는 일이었다.

이미 이주할 땅에 집들을 다 지어놓고 이사 직전에 입주 계획이 무산된 일도 있었다. 완치된 한센인들이 이곳에 입주할 예정이라는 소식이 알려지자 인근 주민들이 격하게 반대하고 나섰기 때문이다. 결국 그들은 그 동네에 발도 못 붙였다.

마리안느와 마가렛은 다시 돌려받은 땅값을 모두 병원에 희사했고 병원 측은 이를 유판진 전주호성보육원장의 기금과 합해 소록도 중앙공원 상단에 '사랑의 동물원'을 만들었다. 동물원 관리자는 원숭이를 위해 온돌방을 짓기도 했다. 소록도 주민들은 주말이나 휴일에 아이들을 데리고 중앙공원을 찾아 원숭이, 사슴, 학, 공작새를 비롯한 각종 조류와 동물을 관람하며 즐거운 추억을 쌓을 수 있었다.

그 외에도 마리안느와 마가렛은 어려운 상황에 처한 사람들을 여러 차례 소리 없이 도와주었다. 많은 이들이 가뭄에 단비 같은 그녀들의 물질적, 정신적인 도움으로 어려운 삶의 돌파구를 찾았다. 이들은 마리안느와 마가렛을 평생의 은인으로 여기며 때마다 감사의 마음을 표하곤 했다.

그러나 모두가 선한 마음을 가졌던 것은 아니다. 고향으로 돌아가 농사를 짓겠다며 받아간 돈을 흥청망청 탕진해버리고 재활에도 실패한 뒤 오갈 데 없어지자 다시 소록도로 찾아와, 그녀들에게 눈물로 호소해 지원금을 받아낸 후 또다시 이 과정을 되풀이하는 이들도 상당수 있었다. 나중에 알고 보니 혹자는 수상한 방식으로 정착금을 빼돌렸고, 또 어떤 이들은 큰 도움을 받았으면서도 마리안느와 마가렛에게 고마운 마음을 갖기는커녕 주변에도 도움 받은 적이 없다고 잡아뗐다.

마리안느와 마가렛은 한 번 정을 나누고 서로 믿음을 갖게 된 상대에게는 쉽사리 마음을 거두지 않는 성격이었다. 그러나 긴 시간 동안 정성을 다해 치료하고 그 후 특별한 호의까지 베풀며 돌봐준 지인들에게 실망할 때면 그녀들도 상처를 받았고 고통스러워했다.

중요한 사안을 결정할 때는 두 사람이 머리를 맞대고 상의하지만 지원금을 부탁하는 서류를 보내거나 그 과정에서 필요한 실무적인 절차를 처리하는 이는 주로 마리안느였다. 고국의 후원자들에게 적지 않은 금액의 정착금을 부탁하는 것은 결코 쉬운 일이 아니었다. 하지만 마리안느는 사람들 앞에서는 전혀 힘든 티를 내지 않았다. 그러나 늘 옆에서 지켜보는 마가렛은 그 어려움을 다 알고 있었다. 지인들에게 "언니가 저녁에 혼자 있을 때면 속상해서 자주 운다"고 토로할 때도 적잖이 있었다.

이런 일이 반복되는 것을 안타깝게 여긴 주변 사람들이 이제 아무나 도와주지 말라고 힐난이라도 하면, 마리안느와 마가렛은 한결같이 대답했다.

"그 돈은 내 것도 아니고 당신 것도 아니에요. 돈은 그저 흘러가는 거예요. 우리가 이번에 도와준다면 그 사람이 오늘부터 새 삶을 살 수도 있지 않겠어요."

지인들은 그저 그녀들의 너그러운 마음에 탄복할 뿐이었다. 얼마 전까지만 해도 속상해하던 모습을 본 것 같은데, 시간이 조금 흐른 뒤 마리안느와 마가렛은 모든 일을 잊어버린 듯 행동했기 때문이다. 그녀들은 누구에게든 과거의 잘못을 묻지 않았고 새 사람을 대하듯 모든 관계를 다시 시작하곤 했다.

정작 마리안느와 마가렛이 자신들을 위해 쓰는 돈이라곤 식비를 제외하면 거의 없었다. 두 사람은 시기심도 물욕도 없다는 면에서는 쌍둥이처럼 닮았다. 옷도 늘 입던 것만 입었고, 때로 환자들과 함께 구호물품 상자에서 골라 입었다. 물론 화장품도 필요 없었다. 그녀들의 어머니가 그랬듯 근검절약이 몸에 배어 있는 마리안느와 마가렛은 물이나 연료, 그 밖의 모든 물품을 가능한 한 아껴 썼고, 지난 달력종이도 버리지 않고 잘라서 메모지로 썼다.

당시 돼지와 토끼를 키우는 집들이 많아 사과껍질이나 벌레 생긴 빵 껍질까지도 버리지 않고 모았다가 가축들 먹이로 주곤 했다. 퇴근할 때도 병원의 긴 복도에 불필요하게 불이 켜져 있으면 다니면서 일일이 불을 껐다.

바닷물에 몸을 적시는 것만이 이들의 유일한 여흥이었다. 다행히 모래사장을 가로질러 몇 발자국만 걸어가면 언제나 파도가 넘실거렸다. 그 상쾌한 바다에 잠시 몸을 맡기는 데에는 돈 한 푼 들지 않았다.

물론 마리안느와 마가렛도 가끔은 서로 다투기도 하는 등 평범한 면도 지녔다. 두 사람이 서로 심각한 의견충돌을 보일 때면 "아 그럼 다 그만 둬!" 하고 좀 더 욱하는 마가렛이 파르르 떨며 뒤돌아서곤 했다. 겉으로는 마리안느가 더 엄격해 보이고 마가렛은 늘 상냥하게 웃는 낯이었지만 실은 "저 사람이 화나면 나보다 훨씬 더 무섭다"고 마리안느가 말할 정도로 마가렛은 고집이 센 편이었다. 여러 단체로부터 상을 많이 받은 두 사람은 특히나 시상

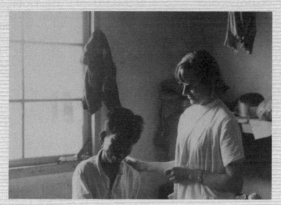

마리안느와 환우

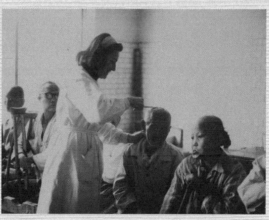

마가렛과 환우들

식장에 가는 것을 꺼렸다. 그중에서도 마가렛은 한 번 싫다고 말하면 그걸로 끝이었다. 시상식 관계자들이 아무리 부탁하고 설득해도 그녀는 다시 마음을 바꾸지 않는 성격이었다.

마리안느는 약 창고의 운영과 회계 등 살림을 주로 맡아서 했기에, 약이나 붕대를 욕심내어 계속해서 타가려는 환자들에게 때로 매정하게 대했다. 처음에는 환자들이 필요하다고 요청한 물품을 모두 내주었다. 그러나 한 달을 쓰기에 충분한 물량이 열흘 만에 없어지는 일이 비일비재하자, 그녀도 어느 선에서 환자들의 요구를 제한할 수밖에 없었다. 그러자 화를 내며 뒤돌아서는 사람들이 생겼다.

드물지만 어떤 환자는 정직하지 못한 일을 하기도 했다. 한센병 치료제는 결핵약과 함께 쓰이기도 하는데, 결핵 항생제인 리팜피신은 당시 평범한 월급쟁이의 한 달치 봉급을 쏟아야 살 수 있을 만큼 고가였다. 당시 교사들의 월급이 2~3만원 하던 시절이다.

마리안느와 마가렛은 오스트리아의 지원을 받아 비싼 약을 많이 들여왔고 환자들은 이 약의 효과를 많이 보았다. 그런데 어떤 환자는 약을 먹는 척 하고는 뱉어내어 되팔았다. 이런 일이 있다는 것을 뒤늦게 알게 된 마리안느와 마가렛은 환자가 실제로 약을 삼켰는지 아닌지 살피면서 투약을 해야 했다. 이 과정에서 무시당했다고 생각한 환자들이 불만을 표출하기도 했다.

또한 타인에게 도움을 주는 일에는 언제나 발 벗고 나서면서도 자신들은 절대로 남에게 도움 받으려 하지 않는 태도 때문에 자존심이 너무 세다는 말을 종종 들었던 것도 사실이다. 어떤 이는 도움을 한사코 거절하는 마리안느와 마가렛이 오만하다고 느끼기도 했다.

좁고 폐쇄적이라 말도 많은 이 섬에서 두 간호사의 행적에 관한 미담은 넘쳐났지만 단점에 대한 이야기는 이 정도가 전부였다.

마리안느와 마가렛은 소록도에 도착한 순간부터 떠나는 날까지 그들의 도움이 필요한 이들에게 최선을 다했기에 그녀들이 주변에 아낌없이 베풀었던 선행의 순수성을 의심할 사람은 아무도 없었다.

우리가 이미 알고 있듯 소록도 주변에는 물이 넘쳐나지만 양수 시설이 없어 쓸 물은 늘 부족했다. 질병의 호전이나 악화는 위생 상태에도 크게 좌우되는데 제때 목욕을 할 수 없으니 환자들이 청결을 유지하기가 어려운 상황이었다. 자주 단수가 되었고 어떤 때는 사흘에 한 번씩 겨우 물이 나와, 사람들은 우물에 가서 물을 길어 와야 했다. 그래서 마리안느와 마가렛은 오스트리아 부인회의 지원을 받아 중앙리에 목욕탕을 신설했다. 그 일을 계기로 이후에도 한 부락에 1~2개씩 꾸준히 목욕탕이 지어졌다. 새로 생긴 목욕탕에서 마음껏 몸을 씻을 수 있게 된 주민들의 만족도는 대단히 컸다.

1945년 전후 주교회의에서 만든 오스트리아 가톨릭 부인회는 부잣집 여인들이 여유로운 돈이나 남는 물품을 제3국에 보내주는 자선단체가 아니다. 오스트리아에서는 일년에 한 번, 재의 수요일에 전국적으로 가족 단위의 자선 수프 행사가 열린다. 이날 아침에 부인회에서 파는 수프를 마시고 사람들은 하루 동안 단식이나 절식을 통해 돈을 모은다. 부인회에서는 이날의 수입을 가지고 기금을 만들어 도움이 필요한 나라에 보내는 것이다.

넉넉지 않은 형편에도 불구하고 소액이나마 회비를 내는 여인들도 많았다. 이렇게 한 푼 두 푼 모인 돈으로 1958년부터 수십 년간, 오스트리아 부인회는 우리나라의 교육, 양로, 고아, 의료사업에 96억 원을 지원했다. 당시의 물가를 고려해보면 상당히 큰 액수임을 짐작할 수 있다. 여러 분야의 우수한 한국학생 100명을 뽑아 장학금을 지원하고 오스트리아에 유학시킨 것도 부인회 사업 중의 하나였다. 마리안느와 마가렛이 소록도에서 오랜 시간 봉사할 수 있었던 데에는 오스트리아 부인회의 공이 대단히 크다. 오스트리아부인회는 서울과 순천, 대구에 'SOS 어린이 마을(SOS-Kinderdorf)'을 짓기도 했다. 1949년에 오스트리아에서 태동한 이 단체는 부모 없는 아동을 양육하고 자립시키는 목적으로 설립된 비정부 국제개발기구이다. 당시에는 미혼의 어머니와 보육원 아이들 네다섯 명이 한 가족을 이루어 살았다.

1972년 7월 24일, 소록도에서의 공로를 인정받아 마리안느와 마가렛은 박정희 대통령이 수여하는 국민포장 1004호를 받았다. 이들은 이때 청와대에 가지 않고 소록도에서 휘장과 부상을 전달받았다.

그 이후에도 오스트리아 부인회는 소록도병원의 병동 신축기금도 지원했다. 정신병동 건립은 마리안느와 마가렛이 특별한 애정을 지니고 추진한 사업 중 하나였다. 1973년 6월, 10개 병실과 16개 병상을 지닌 정신병동이 문을 열었다.

한센병은 불치병이 아니다. 이 병은 진단과 함께 약을 먹고 적절한 치료를 받기 시작하면 그날부터 호전된다. 비록 끝없는 인내를 요하는 과정을 겪어야 했으나, 실제로 소록도의 임상에서도 마리안느와 마가렛은 불치라고 생각했던 환자들이 약을 먹고 치료를 받으며 조금씩이나마 나아가는 모습을 볼 수 있었다.

시간이 지남에 따라 성능 좋은 약이 개발되었고 외과수술 가능성도 늘어갔다. 의료진에게 환우들의 병이 치유되는 것은 큰 보람이었다. 마리안느와 마가렛은 환우들이 낫는 모습을 보는 기쁨을 그 무엇과도 바꿀 수 없었다.

그러나 좀처럼 고치기 힘든 병도 있었다. 극단적인 고통에 시달린 나머지 정신적인 문제들을 갖게 된 환우들의 경우가 그랬다. 흔히 '기분 병 환자'라 불리는 이들은 한센인들 사이에서도 기피당하고 조롱받기 일쑤였다.

마리안느는 스스로도 멸시를 받아 보았기 때문에 이들의 처지를 이해할 수 있었다고 말한 적이 있다. 환자들도 천차만별이어서, 답답한 병원 생활을 견디지 못해 대책도 없이 야반도주하는 이가 있는가 하면 어떤 이는 바깥세상에서 살 자신이 없어 입원실에 계속 남으려 했다.

천신만고 끝에 한센병이 치유되어 완치 판정을 받은 사

람들은 병원 식구들의 아낌없는 축복을 받으며 벅찬 가슴을 안고 퇴원한다. 그러나 가족과 사회에서 환영받지 못하고 더 큰 마음의 상처만 안은 채 되돌아오는 사람도 적지 않았다. 그런 이들은 세상과의 소통을 포기하게 된다.

소록도병원에는 공식적으로 알코올이 금지되어 있었지만 많은 환자들이 남몰래 술에 의존했다. 알코올중독 환자들은 의료진들에게 이런 사실을 철저히 숨겼다.

소록도를 찾는 대부분의 한센인들은 이미 깊은 내상을 입은 나머지 스스로 존엄한 인간이라는 느낌마저 잃어버린 경우가 대부분이었다.

심지어 칼로 자기 얼굴을 긋는 등 자해를 일삼는 젊은 이들도 있었다. 절망을 넘어 일종의 정신적 마비 상태에 이른 환자들에게 필요한 것은 약뿐만이 아니었다. 이런 상황에서 정신과는 마리안느와 마가렛에게 중요한 의미를 지닌 병동이었다. 두 사람은 환자들에게 무엇이 절실한지 알았다. '차트 번호로만 남는 문둥병자'가 아니라 스스로 가치 있는 인간이라는 의식의 회복이 반드시 필요했던 것이다.

'나는 가치 있는 존재다.'

환자들 스스로 삶과 존재의 가치를 회복하는 것, 이것

이야말로 마리안느와 마가렛이 추구하는 궁극적인 치료였다. 정신과에 입원한 환자들 역시 마리안느와 마가렛이 마음을 열고 사랑으로 대해주면 반드시 조금씩이나마 나아졌다.

얼굴이 매우 예쁜 소녀 하나가 한센병 진단을 받고 소록도에 들어왔다. 꽃다운 나이에 발병한 그녀는 충격이 매우 컸다. 그녀는 결국 정신병동으로 오게 되었고, 처음에는 공황 상태에 빠져 있었으나 마리안느와 마가렛의 따뜻한 위로를 받으며 점차 마음의 안정을 찾아갔다.

이 시절 병원의 환자들은 두 간호사들의 도움을 절대적으로 필요로 했다. 그녀들이 할 일은 아직 그 끝이 보이지도 않을 만큼 많이 남아 있었다.

밀알 하나가 땅에 떨어져

***

1974년 3월 신정식 원장이 국립소록도병원에 새로 부임한다. 11년의 재임 기간 동안, 신 원장은 병원 안팎으로 큰 변화와 발전을 이끌어낸다. 병원의 미래에 대한 큰 청사진을 가지고 있던 신 원장은 뚝심 있게 많은 사업을 추진해나가면서도 한센병 환우들에 대한 진심어린 배려를 잊지 않았다.

신 원장은 처음 온 날부터 며칠 동안 마리안느와 마가렛의 업무 전체를 면밀히 확인하고는 그 이후 그녀들이 하는 모든 일에 전폭적인 지지를 아끼지 않았다.

당시 한센인들의 복지에 깊은 관심을 가졌던 육영수 여사는 소록도의 성실고등공민학교 학생들을 청와대에 초청했고, 소록도에 한센인들의 노후병동이자 복지시설인

양지회기념관을 건립했다. 양지회관 건립 소식은 환우들에게 큰 위로가 되었다. 이 해 여름 육 여사는 소록도를 방문하기로 했으나 태풍 때문에 오지 못했고, 곧 세상을 떠났다. 그해 11월 원생들은 순수 모금만으로 육 여사 공적비를 세웠다.

마리안느와 마가렛은 1974년 11월 27일, 고재필 보사부장관으로부터 다시 한 번 감사패를 받는다. 다음 해에는 역시 오스트리아 부인회의 지원으로 병원에 결핵 병동이 신축되었다.

한센병자들은 결핵이나 정신질환을 객병(客病)이라고 부른다. 결핵 환자들 역시 정신질환자와 마찬가지로 한센인들 사이에서도 소외되는 대상이었다. 병원의 간호사들 중에 한센병이 옮은 이는 한 사람도 없었지만, 결핵은 그렇지 않았다. 사람들의 예상과 달리 오히려 결핵의 전염력이 더 높았던 것이다.

그녀들이 한센병자들 중에서도 힘없는 노인이나 가장 가망이 없어 보이는 사람들에게 정성을 다해 미음을 먹이고 생명을 조금이라도 연장시키려 애쓸 때, 가슴 아픈 질문을 던지는 이들도 있었다. 이왕이면 아직 살아갈 날이 많은 젊은이나 회복 가능성이 높은 환자부터 먼저 챙기는 게 더 낫지 않느냐는 질문이었다. 몸이 썩어 들어가 악취를 풍기면서까지 살아 있다는 것은 어쩌면 그 자체가 고통이요 저주일 수 있는데, 왜 그런 사람들에게 그리도 정성을 쏟느냐는 것이었다. 그 말 속에는 뭐라 형언할 수 없는 날선 비탄과 조롱마저 섞여 있었다.

마리안느와 마가렛은 같은 병을 앓고 있는 처지이면서 그런 원망을 보내는 인간이란 존재의 이기심에 대해도 처음부터 끝까지 이해했다. 상처받은 사람들은 상처주는 행동을 하고 만다. 그만큼 그들은 절박하고 간절했을 것이다. 그런 말을 하는 이들의 속내는 다른 사람 말고 자기를 한 번 더 봐달라는 것일 수도 있다.

마리안느와 마가렛은 그 어떤 비난에도 묵묵히 가장 약한 자들의 곁을 지켰다. 소생의 가치나 그 가능성이 누구에게 얼마만큼 있나 없나를 판단하는 것은 애초부터 그녀들의 몫이 아니었다. 사람들은 마리안느와 마가렛이 곧 세상을 떠날 것 같던 고령의 할머니와 할아버지 환우들의 생명을 십 년에서 이십 년 이상씩 연장시킨 적도 있다고 말했다. 또한 많은 수가 조금씩 호전되었고 때로는 건강을 되찾기도 했다.

오스트리아 부인회의 도움으로 열악했던 입원실을 고칠 때는, 몇몇 환우들이 반발해 그녀들이 병원에서 쫓겨날 뻔한 적도 있었다. 입원기간이 오래된 환우들은 새로운 시설이 생기거나 기존의 체계가 바뀌는 것을 좋아하지 않았다.

그때만 해도 입원실 근처에 돼지우리와 닭장 등이 있었다. 가축을 돌보는 환자들은 입원실에서 축사로 왕래하곤 했다. 사실 병실 근처의 축사는 비위생적이기에 언제 이동된다 해도 이상할 것이 없었다. 그런데 입원실 공사로 인해 복도 길이 막히고 축사로 가는 길이 불편해지자, 일부 환자들은 노골적으로 불만을 표출하며 항의하기 시작했다. 화살은 마리안느와 마가렛에게 돌아왔다.

"아니 요샌 뭘 그렇게 자꾸 뜯어뽑고 허물어뽑고 그런다냐?"

"그러게 말여. 정신 사납게."

"저 간호사들 온 뒤로 아주 시끄럽다고야."

환자들이 물러가라며 시위를 시작하자, 마리안느와 마가렛은 당황해 어쩔 줄 몰랐다. 이 태풍이 어서 지나가기만을 간절히 바랄 뿐이었다.

시간이 흘러 깨끗한 입원실이 새로 생기자 사람들의 마

음도 바뀌고 사태는 잠잠해졌지만, 그동안 마리안느와 마가렛은 적지 않은 마음고생을 해야 했다.

마리안느와 마가렛이 일하던 초창기만 해도 소록도는 무법천지였다. 요즘은 상상할 수 없는 일이지만, 지도부에서는 군기를 잡는다며 흔히 환자들에게 폭력을 쓰거나 감금실에 가둬놓았다. 환자들끼리 싸우는 일이 다반사였고, 그 과정에서 목숨을 잃는 이도 있었다. 마리안느와 마가렛은 폭력을 가장 싫어했기에 누가 누구를 때렸다는 말을 들으면 병원 관계자에게 바로 달려가 왜 이런 사태를 방치하는지 묻고 따졌다.

가슴에 맺힌 상처가 많은 환자들은 간혹 분을 참지 못해 화를 내거나 우유 깡통을 발로 차기도 했다. 그럴 때면 마가렛은 약도 붕대도 다 놓은 채 밖으로 나가버렸다. 그녀는 성당이나 조용한 곳으로 피신해 한참 동안 마음을 가라앉힌 후에 다시 병원으로 돌아왔다. 그녀는 분노한 사람을 상대하지 않았다.

간혹 누가 다른 이의 흉을 보면, 마가렛은 손가락으로 그의 어깨를 툭툭 치면서 "당신 일이나 잘하세요, 당신 일이나" 하고 낮은 목소리로 말했다.

마리안느는 상스러운 욕을 하는 사람에게 "나쁜 말! 안

193

돼, 나쁜 말 하지 마요" 하고 큰소리로 나무랐다. 마리안느와 마가렛이 거짓말이나 폭력을 워낙 싫어하다 보니, 환자들도 전보다는 언행을 조심하는 모습이었다. 그토록 좋아하는 두 간호사가 무서운 표정을 짓는 건 아무도 보고 싶지 않았기 때문이었다.

1976년에는 오스트리아 부인회의 지원으로 녹산초등학교 건물과 구 수도관건물이 시각장애자병동과 휴게소로 개조되었다. 그리고 1977년부터 1978년 말까지 구북리, 동생리, 남생리, 서생리에도 차례차례 목욕탕이 세워졌다.

1979년 5월 11일, 마리안느와 마가렛은 대한간호협회 김모임 회장의 감사패를 받는다. 이듬해 오스트리아 부인회는 초지를 조성해 양을 기르는 병원 사업에 기부했고, 여기서 나온 양유는 환자들에게 공급되었다.

국립소록도병원의 신 원장은 이 무렵 간호원 기숙사를 준공하는 한편, 간호보조원 양성소를 세웠다. 또 간호사들이 대폭 증원되어 입원실 환경도 좋아지는 등 병원 안팎에 발전적인 변화들이 이어졌다.

워낙 숨어서 활동해 겉으로 잘 드러나지 않았을 뿐 마

리안느와 마가렛이 소록도에서 차근차근 이루어낸 일들의 객관적인 성과는 결코 적지 않았다. 지역과 병원 사정을 잘 아는 한 관계자는 이 시기 마리안느와 마가렛이 병원뿐 아니라 환자들이 살던 지역 일대를 대폭 리모델링했다고 평가한다. 물론 신 원장과의 공조도 이에 큰 역할을 했다.

1983년 4월 7일 보건의 날, 마리안느와 마가렛은 청와대로 초청받아 전두환 대통령으로부터 표창장을 받는다. 이때는 이미 이들이 소록도에 처음 왔을 때와 비교해 병원의 환자들이 절반으로 줄어 있었다.

마리안느와 마가렛은 정치적 쟁점에 관한 질문을 받으면 늘 "나는 정치 몰라요" 하고 대답했다. 원래 성향 상 정치에 관심이 없는 두 사람이지만, 사회참여를 말한다면 그녀들보다 더 참여적인 활동가도 드물 것이다.

무엇보다 그녀들은 본질적으로 간호사들이다. 플로렌스 나이팅게일은 간호사로서 적군과 아군을 가리지 않고 치료했다. 마찬가지로 마리안느와 마가렛도 성별, 나이, 인종, 국적, 종교, 정치적 계파를 상관하지 않고 눈앞의 아픈 사람을 똑같이 대해야 했다. 그렇기에 그녀들은 사람을 가르고 나누는 어떤 잣대도 받아들이려 하지 않았고 어느 한쪽 편에 서는 것도 원하지 않았다.

그러나 인간사회의 모든 활동은 다소간에 정치적일 수밖에 없다. 그녀들도 오랫동안 병원이라는 조직사회를 경험하면서 권력이나 서열에 대해 결코 모르지 않았지만, 모든 종류의 힘에는 의식적으로 거리를 두면서 순수한 인간애만을 추구하고자 노력했다.

그녀들은 그런 면에서 참으로 이상적인 간호사였다고 말할 수 있을 것이다.

환우들의 어머니가 되어

**

마리안느와 마가렛은 풍뎅이차라고 불리던 파란색 폭스바겐을 몰고 다녔다. 이 차는 다미안 재단에서 그녀들에게 물려주고 간 것이었다. 마리안느와 마가렛이 선글라스를 낀 채 차에서 내리면, 병원에 처음 온 사람들은 눈이 휘둥그레져 저 외국 여배우같이 생긴 여인들은 누구냐고 물었다.

마리안느와 마가렛은 비가 오나 눈이 오나 하루도 빠짐없이 매일 아침 일찍 병원에 출근한 후 커다란 주전자에 물을 끓이고 우유를 타서 병동마다 다니면서 환우들에게 나눠주었다.

우유를 못 먹는 마을 사람들을 위해서도 매주 월요일에 분유를 준비했다. 주민들은 빈 깡통을 하나씩 들고 와

줄을 서서 그녀들에게서 분유를 타갔다. 커다란 우유봉지 15개에서 20개가량이 한 달도 안 되어 소진되었다. 이 시절의 분유는 주로 호주산이었고, 비용은 역시 오스트리아 부인회가 지원했다.

그녀들이 주는 우유는 약을 많이 먹어 속이 쓰린 환우들의 위장을 달래주었고 때로 부족한 영양분을 채워주기도 했다. 무엇보다 그 우유에는 따뜻한 사랑이 담겨 있었다. 환우들은 이구동성으로 마리안느와 마가렛이 손수 타준 우유를 먹어야 하루를 시작할 힘이 난다고 말했다. 마리안느와 마가렛은 손이 부자유스럽거나 앞을 볼 수 없는 환우들에게는 일일이 우유를 떠먹여주었다. 그렇게 그녀들은 매일 아침마다 우유를 나눠주며 환우들과 대화를 나누었다.

두 간호사는 한밤중에 예기치 못한 응급환자가 생길 경우를 대비해 늘 관사의 문을 잠그지 않고 잠자리에 들었다. 한 번은 자정이 넘었는데 입원실 환우의 코피가 터지더니 멎지를 않았다. 그때도 마가렛이 바로 달려와 지혈해서 겨우 위기를 넘길 수 있었다.

병실의 환우들은 우유를 마신 이후 하루 중의 언제라도 마리안느나 마가렛이 병실에 다시 나타나 자신들을 봐주기만을 학수고대했다. 드디어 병실에 그녀들의 모습이 보이면 그전까지는 멀쩡하던 환자들이 그때부터 여기저기 탈이 났다. 늘 고통을 참고 있는 환자들의 상태로 보아 꼭 꾀병이라고 할 수만은 없었다.

두 간호사는 척 보기만 해도 환자의 상태가 어떤지를 짐작할 수 있었고 특히 환자들이 아무리 연기를 잘해도 꾀병은 한눈에 알아챘다. 꾀병으로 보이는 복통과 두통을 호소하는 환자들에게 마리안느와 마가렛은 빙그레 웃으며 증상과 직접 관계가 없는 영양제를 하나씩 주곤 했다. 그건 환우들에게는 보통의 영양제가 아니었다. 외로운 마음을 달래주는 다시없는 묘약이었다.

마가렛은 점심식사 후 습관처럼 잠깐이라도 눈을 붙인 후 다시 오후 일과를 시작하곤 했다. 마리안느는 처음 왔을 때와 달리 시간이 지남에 따라 먹성이 좋아지면서 살이 조금씩 붙었는데, 과거 다소 통통한 편이던 마가렛은 먹는 데에 별 관심이 없어져 그런지 오히려 살이 조금씩 빠졌다. 물론 두 간호사들 모두 체력은 무척 좋은 편이었다. 그렇지 않았다면 그녀들은 육체적으로 힘든 병원 일을 결코 감당할 수 없었을 것이다.

절대적으로 부족한 의사들을 대신해 두 간호사가 응급

치료나 상담치료를 해야 하는 상황도 자주 발생했다. 부인병이 있는 여인들은 조용히 아동치료실로 찾아왔다. 마가렛은 우선 남자들을 내보내고 분위기를 편하게 한 후, 부인들의 이런저런 증상들을 모두 들으면서 한국어와 독일어를 섞어 노트에 적었다. 그러고 나서 그녀는 한독사전을 놓고 한참 동안 끙끙대며 노트에 적은 증상을 번역했다. 부인네들은 입을 모아 마가렛이 추천해준 약을 먹으면 부인병도 희한하게 잘 낫는다고 말했다.

마리안느는 쌓인 업무를 척척 처리해내는 베테랑 간호사였다. 그리고 그녀는 기억력이 비상해 수많은 환자들의 병세 추이나 약 창고의 정리 상황을 머릿속에 모두 꿰고 있었다. 마리안느는 한센병으로 투약 중인 청소년이 학교에서 소풍을 가야 해 아동치료실에 나오지 못하는 날이면, 그걸 기억하고 있다가 직접 소풍 장소로 찾아가서 약을 먹이기도 했다.

그녀는 손이 빠르고 간호 기술도 좋아서 링거를 너무많이 맞아 찾기 힘들어진 환우들의 혈관을 누구보다 쉽게 찾았고 주사도 아프지 않게 놓아주었다.

마가렛은 손이 빠르다기보다는 세심한 편이었고 특유의 방식을 가지고 있었다. 궤양치료 시에는 상처의 냄새

200

를 맡아보면서 자기만의 방법으로 환자를 살폈고, 치료시간이 아무리 길어져도 꼼꼼하게 살피며 치료했다.

마리안느는 또 모르는 사람이 보면 연금술사라고 할 만큼 신기한 치료 현장을 보여주기도 했다. 소록도에는 지네와 전갈, 뱀도 많이 산다. 마리안느는 손바닥 안에 들어오는 까만 돌 하나로 이것들에 물린 상처를 낫게 할 수 있었다.

까만 돌을 벌레 물린 상처 위에 붙이면, 상처의 고름과 독이 서서히 빠져나갔다. 그 후 20분 동안 환부를 미지근한 물에 담갔다가 다시 2시간 동안 우유에 담그면 상처에서 부글부글 거품이 나오면서 남은 독이 다 빠졌다. 마리안느는 이 돌을 '화이트 파더스(White Fathers)'라는 유럽 사제들의 선교회로부터 받았다. 원래 아프리카의 원주민들이 가지고 있던 돌인데, 제약회사에 절대로 팔지 않고 필요한 곳에 빌려준 뒤 돌려받는 조건을 걸고 그들이 선교회에 전해준 것이라고 했다. 이 까만 돌의 효과는 신기하리만큼 좋았다.

마리안느와 마가렛은 기념할 만한 날이면 환우들을 관사에 초대해 맛있는 음식을 만들어 대접했다. 환우들은 처음에 식사 초대에 무척 놀라며 황송해하기도 했다. 특히 마리안느와 마가렛은 서양인답게 케이크와 과자를 잘 만들었다. 밀가루와 설탕, 버터, 그리고 계란과 우유가 듬뿍 들어간 수제 빵은 접시에 담아 내놓자마자 순식간에 없어졌다. 주로 마가렛이 환우나 지인들의 생일에 케이크를 구워 병원에 가져다주거나, 생일인 사람의 집 대문 앞에 놓아두는 일을 담당했다. 또한 크리스마스 때 별 모양, 달 모양의 먹기 아까울 만큼 예쁜 수제 과자를 이웃에게 선물했고, 가운데가 뻥 뚫려 '요강 빵'이라 불리던 빵도 즐겨 만들었다.

마리안느의 단골메뉴는 피자와 라자냐, 오븐에 구운 닭과 감자 요리, 수프 등이었다. 그녀들이 만드는 음식은 처음 맛보는 별미여서, 누구든지 기회만 되면 관사에 초대받아 가고 싶어 했다. 마리안느와 마가렛은 일주일씩 교대로 부엌일을 했다.

환우들은 당시 집집마다 유행처럼 기르던 토끼를 잡아 종종 마리안느와 마가렛에게 가져다주었다. 주말이면 마리안느와 마가렛의 작은 관사는 늘 손님으로 북적였다. 김수환 추기경님도 휴가 때 이곳에 들러 몇 번이나 푹 쉬다 가곤 했다.

임실치즈를 만든 지정환(Didier t'Serstevens) 신부님은 그녀들과 속내를 털어놓는 절친한 친구였고, 거의 매년 여름휴가 때 이곳 관사에서 한두 달 가량 묵었다. 다발성신경경화증을 앓던 그는 재활운동으로 소록도의 바다에서 햇빛을 받으며 하루에 몇 시간씩 바다수영을 했다. 돌아갈 즈음이면 그의 건강은 많이 호전되었다.

그리스도 왕 시녀회원답게 마리안느와 마가렛은 사제들이 오면 큰 방을 내주고 퇴근 후에도 손님상을 차려내며 극진히 대접했다. 시시때때로 외국인 사제나 수도자들은 이곳을 찾아와 며칠씩 묵다 갔다.

그런데 그녀들이 누구에게나 잘 대해준다는 소문이 나서 그런지, 가끔 어떤 방문객은 병원 일도 바쁜 마리안느와 마가렛에게 손님 대접을 아주 제대로 받으려 했다. 마리안느와 마가렛은 땀을 뻘뻘 흘리며, 불평 한 마디 없이 까다로운 손님들을 정성껏 모셨다. 이를 지켜보던 지인들이 속으로 부아가 날 지경이었다. 무슨 이유로 그렇게 시녀처럼 손님 접대를 하느냐고 누가 묻기라도 하면, 그녀들은 아무렇지도 않게 대답했다.

"내 눈 앞에 있는 사람이 예수님이니까요."

매사에 이렇게 희생적으로, 쉬지 않고 열심히 일을 해

서일까. 마가렛은 어느 때부터인가 관절의 통증을 느끼기 시작했다. 그녀는 시린 부위를 따뜻하게 하려고 평소에 무릎에 솜을 감고 다녔고, 가끔씩 한쪽 다리를 끌며 걷기도 했다. 마가렛은 마흔 살이 넘은 이후 허리디스크로 고생을 많이 했다.

마가렛은 엄살이라고는 부릴 줄 모르는 성격에 웬만한 고통은 한 마디 말도 없이 혼자서 견디며 참아냈다. 그런 그녀가 '아프다'는 말을 입 밖에 낼 정도면 이미 통증이 극심한 상태였다. 친한 친구들도 오랫동안 같이 지내기 전에는 그녀의 이런 성격을 잘 알지 못했다.

급기야 허리 통증이 심해지더니 한쪽 다리에 마비가 와 더 이상 일상생활을 할 수 없는 지경이 되었다. 마가렛은 전주 예수병원에 입원해 미국인 의사에게 디스크 수술을 받았다. 수술 후의 경과는 나쁘지 않았으나, 시간이 지나면서 다시 찾아온 허리 통증은 이후로도 그녀를 끊임없이 괴롭혔다.

소록도 사람들

***

    소록도 사람들은 건강해진다는 말을 '건강 받는다'고 표현한다. 이들에게 건강은 결코 그냥 주어지지 않기에, 잘 받아야 하는 것이다. 퇴원 환자들에게는 누구나 "건강 받았네!"라며 축하해주었다.

    해남 태생의 정상락 씨는 11세 때 한센병이 들었음을 알았다. 어린 마음에 너무나 놀라고 힘들어, 그는 해만 지면 산모퉁이에 숨어 흐느껴 울었다. 그리고 12세가 되던 1959년, 그는 큰어머니의 손에 이끌려 소록도에 들어왔다. 병원에서 치료를 받을 수 있다는 말을 듣긴 했지만, 그는 죽으러 가는구나 싶었다.

    마리안느와 마가렛을 처음 만났을 때 자신과는 다른 외모가 신기하게 느껴졌던 어린 그는 그녀들에게서 눈을 떼지 못했다. 정 씨는 곧 병원의 아동치료실에 다니면서 약을 타 먹고 치료를 받기 시작했다. 마리안느와 마가렛은 쇠고기 죽을 쒀서 밥을 잘 먹지 못하는 환자들에게 먹여주곤 했다. 그로서는 구경도 못 해봤던 광경이었다.

몇 년 동안 약을 먹으며 치료를 받아 다행히 완치된 정 씨는 소록도에서 나갈 수 있었고 곧 군대에 입대했다. 그러나 군 생활을 너무 힘들게 해서인지 병이 재발하고 말았다. 한센병 환우들에게 재발이란 하늘이 무너지는 것과 같은 일이다. 서른 살 즈음 정 씨는 전보다 훨씬 더 큰 절망 속에 다시 소록도로 돌아와야 했다.

그는 피부과 병실에 입원했는데, 이번에는 증상이 매우 심각했다. 그의 온 몸에 결절이 생기면서 등 전체가 울퉁불퉁한 상처로 뒤덮이더니 곪아서 터져버렸다. 감각이 없어진 그는 아픔도 느끼지 못했다. 진물이 너무 많이 흘러 침대보도 깔 수 없어 비닐 위에 누워 지내야 했다. 악몽 같은 나날이었다.

그러던 어느 날 마리안느가 기름 제형으로 된 약을 작은 병에 담아 들고서 그의 입원실에 들어왔다. 그녀는 그를 앉히더니 등의 상처를 깨끗이 소독하고 나서, 목 뒤에 조금씩 약을 붓기 시작했다. 피딱지와 진물이 엉켜 처참한 상처를 전혀 개의치 않고 맨손으로 지그시 쓸어내리고 닦아가면서 그녀는 오랫동안 기름 마사지를 해주었다. 가끔씩 마가렛과 교대할 때도 있었지만 주로 마리안느가 매일 그의 병실에 찾아와 똑같은 방식으로 치료를 계속했다.

그러기를 한 달 여. 어느 날 정 씨가 문득 정신을 차려 보니 그렇게 심했던 등의 상처가 놀랍게도 깨끗이 나아 있었다. 정 씨 스스로도 믿을 수 없는 일이었다. 얼굴 피부도 쭈글쭈글해지면서 노인처럼 변했었는데, 거울을 보니 다시 젊은이의 것으로 돌아와 있었다. 그는 너무도 신기해 수없이 자기 피부를 만져 보았다. 흉터 하나 남지 않았다. 기적적인 일이었다. 그 후로도 치료를 꾸준히 받은 뒤, 정 씨는 완전히 한센병에서 해방되었다.

그때의 마리안느가 없었다면 지금쯤 자신이 어떻게 변해 있을지, 그는 상상하고 싶지 않다. 정상락 씨는 이렇게 '건강 받은' 이후로도 오랜 세월, 마리안느와 마가렛을 평생의 은인으로 여기며 막역한 사이의 가까운 이웃으로 지냈다.

상주 태생의 정봉업 씨는 스물여덟 살인 1975년에 소록도에 왔다. 병이 일찍 들어 투병생활을 계속 하다가 이곳에 들어왔는데, 그간 약을 잘못 쓴 게 화근이 되어 그는 곧 시력을 잃고 말았다. 한 번 캄캄한 암흑이 되어버린 세상은 다시 밝아지지 않았다. 한센병에 걸린 것도 힘든데 젊은 나이에 눈까지 잃게 되었으니 삶의 모든 희망이 사라져버린 것이나 다름없었다. 그때의 끝없는 절망과 고통을 인간의 언어로 표현할 수 있을까. 그는 지옥이 어떤 곳인지를 안다.

정 씨는 소록도병원의 피부과 입원환자일 때 처음 마리안느와 마가렛을 만났다. 시커먼 암굴 같은 세상에서, 마리안느와 마가렛의 간호를 받으며 그는 우선 람프렌 투약 치료를 시작했다. 신경통이 심했던 그는 이후로도 여러 번의 죽을 고비를 넘겨야 했다. 마리안느와 마가렛의 영향으로 그는 곧 성당에 다니게 되었고, 마가렛이 대모를 서주어 다니엘이라는 세례명으로 세례도 받았다.

그렇지만 눈이 보이지 않는 한센병 환자로서 앞으로 무엇을 하며 살아갈 수 있을까. 그는 깊은 시름에 잠겨 있었다. 한때 그는 암이 의심되는 심한 장출혈로 병원에 입원해 진단을 받은 적이 있다. 의사가 검사 결과 암이 아닌 걸로 판명됐으니 기뻐하라고 전해주었지만, 그 말을 듣는 순간 그는 속으로 크게 실망했다. 차라리 암이었다면, 그

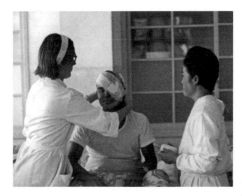

환우를 치료하는 마리안느

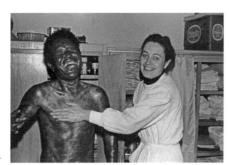

활짝 웃는 마가렛과 환우

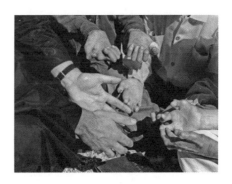

래서 빨리 세상을 뜰 수 있다면 좋겠다고 생각했기에.

같은 환우인 이공순 씨는 이 얘기를 듣고, 젊은 사람이 저런 고통을 겪으니 참 안됐다고 생각했다.

'내가 저 사람을 도울 길이 없을까.'

그녀는 거듭 고심하다가 마리안느에게 편지를 썼다. 자신은 눈이 없어도 살 수 있으니 정 씨에게 눈을 주고 싶은데, 이식 수술이 가능하겠느냐고 묻는 내용이었다. 비록 혹독한 한센병의 후유증으로 몇몇 손가락이 뭉그러져 조막손이 되었지만 그녀의 눈은 온전했다. 이 편지의 모든 구절은 온전히 그녀의 진심이었다. 편지를 읽은 마리안느는 그녀를 불러 다시 물었다.

"자기 눈을 다니엘 주겠다고요?"

"지가 눈은 멀쩡하니께요."

마리안느는 놀라워하며 한참 동안 이공순 씨를 바라보았다.

이공순 씨도 오래 전에 발병했고, 투병 생활을 하는 동안 극심한 빈곤과 말로 다 할 수 없는 고통을 겪어왔다. 그런데 없는 살림에 몸이 성치 않은데도, 오갈 데 없이 딱한 처지가 된 일곱 살짜리 여자아이를 데려다 키우기도 한 그녀였다. 그녀는 배급받는 한 줌 쌀로 자기는 굶어도 아이만큼은 밥을 먹었다.

"현실적으로 안구 이식술은 불가능해요. 하지만 두 사람이 서로 도와가며 함께 사는 건 가능하지 않을까요?"

마리안느는 조용히, 그러나 설득력 있는 목소리로 이 씨에게 물었다. 이 씨는 다만 자기 눈을 정 씨에게 주고 싶었을 뿐 다른 생각은 해본 적이 없다고 말했다.

마리안느는 정 씨를 찾아가 똑같은 제안을 했다. 오갈 데 없는 두 사람을 인연으로 맺어줄 셈이었던 것이다. 이 씨의 이웃들은 한사코 반대했다.

"돈 한 푼 없는 건 그렇다 치고, 눈까지 먼 남자와 한 살림을 차리다니 미쳐도 단단히 미쳤구먼."

하지만 이 씨의 마음은 이미 정 씨에게 기울고 있었다. 남은 세월 동안 정 씨의 눈이 되어주겠노라 결심한 터라 누구도 그녀의 마음을 흔들 수 없었다.

그렇게 둘은 부부의 인연을 맺었다. 소록도에서는 이를 '가정을 난다'고 표현한다. 마리안느와 마가렛도 결혼식에 참석해 두 사람의 행복을 진심으로 빌어주었다.

정 씨는 눈이 안 보여도 할 수 있는 일이 무엇일까 고심하다가 음악을 좋아하니 악기를 해야겠다고 생각했다. 아코디언과 하모니카를 배우던 그는 이윽고 오르간을 연습하기 시작했다. 앞을 못 보는데다가 굳어버린 손가락들의 신경도 성치 않은 그가 오르간을 친다는 것은 다른 이들이 상상할 수 없을 만큼 어려운 일이었다.

연습을 하다 보면 곧 그의 몸이 마비되면서 머리에 열이 났고, 약한 장이 꼬이기 일쑤였다. 정 씨는 예민한 사람이었고, 몸 성한 다른 이가 연주하는 오르간 소리를 들으면 갑자기 모든 것이 부질없게 느껴져 몇 달씩 연습을 중단하기도 했다. 하지만 이미 오르간은 그의 포기할 수 없는 유일한 꿈이었다.

수많은 은인들이 그에게 오르간 치는 법을 가르쳐주고 도와주었지만, 특히 부인인 이공순 씨의 도움은 절대적이었다. 비상한 기억력을 지닌 정 씨는 성가를 녹음해 통째로 외우기 시작했다. 부인은 손가락이 온전치 않으니 키보드를 칠 수는 없었지만, 남편이 가르쳐주는 대로 음들을 들어보며 악보 보는 법을 익혀갔다. 부인은 남편의 옆에서 녹음을 도왔고, 연습하는 남편의 손을 지켜보면서 어느 건반을 치라고 일러주기도 했다. 밭에서 호미질을 하다가도 남편이 멀리서 부르는 소리가 들리면 부인은 흙을 손에 묻힌 채로 달려가 그의 연습을 봐주었다. 두 사람 모두에게 기나긴 인내의 시간이었다.

정봉업 다니엘 씨가
아코디언 연주를 하고 있다.

환우를 돌보는 마리안느

환우와 함께 있는 마가렛

부인은 가끔 내가 미쳤지 이 어려운 결혼을 왜 한다고 했을까, 그때 결혼하지 말라던 이웃들 말을 들을걸, 하고 후회하기도 했다. 남편이 부지깽이 하나 짊어질 형편이 못 되니 연탄도 그녀가 타서 지게에 지고 와야 했다. 곁에서 지켜보던 마리안느와 마가렛이 그녀의 인내심에 내심 감탄할 지경이었다.

그러나 부인은 그렇게 변함없이 남편의 눈이 되어주었고, 둘은 함께 오르간 앞에서 뼈를 깎는 노력을 했다. 그러기를 수십 년, 부인은 마침내 성당의 미사 시간에 남편이 연주하는 오르간 소리에 맞추어 노래를 부르며 감격에 젖게 되었다.

또 다른 환우, N 씨는 한센병에 걸린 아버지와 함께 소록도에 들어왔다. 그 역시 골반 골절로 한쪽 다리가 불편했지만 한센병 환자는 아니었다. 반 드로겐브뢱 박사 시절, 소록도병원의 의료진은 그의 다리 수술을 해주었고 특수한 신발도 새로 맞춰주어 N은 무리 없이 걸을 수 있었다.

그러나 아버지가 세상을 떠난 뒤 집으로 돌아간 후부터 N의 불행은 시작되었다. N은 집안의 큰아들이었지만, 가족들은 소록도의 병원으로 돌아가라며 그를 매정하게 쫓아냈다. 믿었던 가족들의 배신에 큰 충격을 받아 절망에 빠진 N은 이후 자포자기하며 이곳저곳을 방랑하다가, 어느 추운 밤 소주에 다량의 약을 타서 먹고 자살을 시도한다. 인사불성이 된 채 한길에 너부러진 N의 호주머니에는 소록도병원의 연락처가 적힌 종이 한 장이 들어 있었다.

다음날 소록도병원의 가입원실로 실려 온 N은 심각한 동상에 걸려 있었다. 그는 모진 목숨을 끊지 못한 채 이후로도 수없이 죽음의 문턱을 넘나들었다. 마리안느와 마가렛은 N을 간호하기 시작했다. 겨우 목숨은 건졌지만, N의 발은 이미 시커멓게 변해 있었다. 어쩔 수 없이 의료진들은 N의 다리를 절단하는 수술을 했다. 그러나 의사들은 다리의 신경을 조금이라도 살려보려고, 몇 번에 걸쳐 조금씩 절각 수술을 했다.

결국 가까스로 목숨은 건졌지만 팔꿈치 아래의 양 팔과 양 다리를 모두 잃은 N은, 최소한의 조건이 안 되어 의수와 의족을 할 수도 없었다. 그래서 마리안느와 마가렛은 기금을 모아 N이 팔꿈치 윗부분으로 슬쩍 건드리기만 해도 이동이 가능하도록 설계된 특수한 전동차를 마련해주었다. 지금은 의료용 전동차가 흔하지만 당시는 이를 구경할 수 없던 시절이었다.

마리안느는 N에게 특별한 애정을 가지고 늘 그에게 밥과 우유를 먹여주었다. 일상적으로 N을 목욕시키고 머리를 감겨 주는 것도 그녀의 몫이었다. N을 대할 때면 마리안느는 마음속으로 언제나 그를 위한 기도를 드렸다. 모진 고통 속에서도 N이 삶의 의지를 잃지 않도록 하기 위해, 그녀는 언제나 최선을 다했다.

그러나 가슴 아픈 일들은 끊임없이 이어졌다.

J는 17세의 어린 나이에 한센병에 걸려 소록도에 들어온 청년이다. 똑똑하고 마음씨도 착한 그는 건반을 잘 쳐 성가대 반주자로 활약하며 많은 이들의 사랑을 받았다. 그는 치료에 잘 따라주었고, 당시 환자들이 흔히 그랬듯이 간호 일을 배워 마리안느와 마가렛의 정신과 일도 도왔다.

그러나 알코올중독자였던 아버지처럼 그 역시 가슴 속의 상처들을 남몰래 술로 달래고 있었던 모양이다. 어느 추운 겨울 밤, 그는 술에 취한 채 자전거를 타고 숙소로 돌아오다가 길가의 도랑에 빠져 그만 얼어 죽고 말았다.

그토록 젊고 활기찼던 그의 갑작스런 죽음에, 마리안느

와 마가렛은 망연자실했다. 마리안느는 너무나 안타까워 내내 울며 J의 시신을 손수 염해주었다. 그녀는 진심으로 이렇게 젊고 미래가 창창한 J 대신 차라리 자신이 죽었으면 좋았을 거라고 생각했다.

마리안느와 마가렛이 오랜 기간 경제적으로도 지원을 아끼지 않으며 치료에 정성을 다한 또 다른 환자 P도 심성이 착했다. P는 몇 번 그녀들로부터 사회정착금을 지원 받아 밖으로 나갔으나 모두 실패하고 다시 소록도로 돌아왔다. P도 정신병동에서 간호사 일을 했고 나중에는 수간호사 업무를 보았다. 그는 환자들에게 시간 맞춰 약을 잘 챙겨주었고 근무 태도도 믿음직스러웠다. 그러나 그 역시 알코올중독 치료를 받았음에도 술을 끊지 못했다. 병원에는 단주 모임이 끊임없이 생겼으나 많은 환우들은 술에 의존하는 습성을 버리지 못했다.

12월의 어느 추운 밤, P는 몰래 숙소를 빠져나갔다. 평소에 헤엄을 잘 치던 그는 천천히 밤바다로 들어갔다. 한겨울의 얼음장 같은 파도를 헤치고 P는 무작정 육지 쪽을 향해 헤엄쳐 나갔다.

다음날 발견된 시체를 보니, 처음부터 바다를 건널 작정이었던 듯 껴입은 옷 속으로 온 몸에 비닐을 칭칭 감고 있었다. 사인은 심장마비였다.

무엇이 그리도 그를 답답하게 했을까.

환우들의 이런 죽음을 겪으면 마리안느와 마가렛은 며칠 동안은 아무 일도 할 수가 없었다. 그녀들은 바닥을 알 수 없는 슬픔과 절망 속에 그저 무너져 내려, 눈물을 흘리며 기도할 수밖에 없었다. 다른 무엇이 있었겠는가.

그러나 아무리 밤이 길어도 다시 해는 뜨고, 시간은 분별없이 흘러만 간다.

가끔 그녀들은 이야기하곤 했다.

"하느님이 언제 우리를 데려가실까?"

"그러게. 그때가 언제 오려나."

그녀들은 생각에 잠기다 빙그레 웃었다. 참, 희망적인 대화였다.

가족을 떠나 혈혈단신 소록도에 들어온 이들은 한없이 외롭다. 그래서 환우들은 서로 양부모, 양아들, 양딸을 정하기도 하고 의형제도 맺었다. 새 가족들은 실제 혈육보다 더 깊고 진한 정과 의리로 서로를 챙겨주었다.

마리안느와 마가렛에게도 소록도에 '둘째 엄마'가 있었다. 윤학순 마리아 할머니는 아들만 둘이고 딸이 없어서,

윤학순 어머니와 마가렛

마리안느와 마가렛에게 양딸을 삼자고 했고 그녀들도 흔쾌히 허락했다. 윤 할머니는 참으로 기구한 인생을 살아왔다. 귀한 아들들은 한국전쟁에 나갔다가 전사했고, 할머니의 눈썹이 조금 짧아지자 같이 살던 며느리가 문둥병에 걸렸다며 내쫓아버려 소록도에 들어오게 되었다. 그러나 윤 할머니는 한센병에 걸리지 않았다. 며느리가 같이 살고 싶어 하지 않는 걸 눈치 챈 할머니가 스스로 집을 나온 것인지도 모른다.

갖은 고생 끝에 소록도에 정착한 윤 할머니는 20년 동안 밭일을 열심히 했고, 가끔 마리안느와 마가렛에게 기르던 토끼를 잡아 가져다주기도 했다. 윤 할머니는 매일 새벽 성당의 제일 앞자리에 앉아 미사를 드렸다. 미사가 끝나면 아동치료실에 와서 마리안느와 마가렛에게 소주 한 잔 받아 마신 후, 버릇처럼 우유 두 잔과 케이크를 먹었다. 윤 할머니는 그렇게 조용히 치료실의 구석에 앉아서 그녀들이 환자들을 치료하는 모습을 한참 동안 구경하다가 집에 돌아가곤 했다.

윤 할머니는 담배를 좋아해 곰방대를 자주 물고 있었는데 그 때문인지 항상 폐가 좋지 않았다. 마리안느와 마가렛은 윤 할머니를 종종 집으로 초대해 집의 욕조에서 손

수 목욕을 시켜드렸다. 윤 할머니는 그때마다 그녀들에게 무척이나 고마워했다. 윤 할머니는 더없이 따뜻한 마음씨로 그녀들에게 알게 모르게 많은 위로를 주던 분이었다.

소록도에는 마리안느의 '양엄마'도 있었다. 처음에 우 남기 마리아 할머니를 만났을 때 그녀는 속으로 깜짝 놀랐다. 자그마한 키에 온화하게 웃는 모습까지, 우 할머니의 외모가 마리안느의 친어머니와 많이 비슷했기 때문이다. 마리안느는 우 할머니에게 저절로 정이 갔고, 두 사람은 곧 양엄마와 양딸이 되었다. 우 할머니는 마리안느가 타주는 우유를 마시러 일주일에 한 번씩 병원에 들렀다.

양엄마의 남편은 앞을 못 보았는데, 한센병의 후유증으로 온몸이 상처투성이라 머리끝부터 발가락 끝까지 붕대를 칭칭 감고 지내야 했다. 그래서 마리안느와 마가렛은 그분을 '미스터 밴디지', '붕대 신사'라고 불렀다. 양엄마는 하루도 거르지 않고 남편의 몸을 감싼 붕대를 풀어서 깨끗하게 빨고 삶아 말리고, 상처들을 소독한 후에 새 붕대를 다시 감았다.

당시는 붕대 하나도 귀하던 시절이다. 본인도 위궤양 때문에 오랫동안 고생해왔고 잘 먹지도 못하는 형편에 내

출혈로 늘 고통을 받았지만, 양엄마는 어려운 티 하나 내지 않고 매일매일 기쁘게 그 일을 반복했다.

마리안느와 마가렛은 양엄마가 얼룩 하나 없이 새하얗게 될 때까지 정성껏 남편의 붕대를 손빨래하는 모습을 보면서 깊은 감동을 받았고, '이분이 진짜 성녀구나. 하늘나라에서는 누구보다 높은 자리에 오르실 분이야' 하고 생각했다. 언제나 지극히 겸손했던 우 할머니는 지금까지 마리안느와 마가렛이 어느 책에서도 볼 수 없었던 사랑과 배려를 온 몸으로 보여주었다.

희망은 뿌리를 내리고

**

국립소록도병원에는 가끔 커다란 항공소포들이 도착했다. 소포 받는 날은 축제날과 같은 분위기였다. 누워 있던 환우들도 이때만큼은 기운을 차리고 일어나 입원실이나 아동치료실에 삼삼오오 모여 색색의 소포를 함께 풀어보았다.

"이게 다 뭐야. 아이구 이쁘기도 해라."

"이건 우리 집사람한테 딱 맞겠는데."

그들이 열어보는 상자마다 예쁜 원피스나 티셔츠, 스웨터, 남녀용 털옷, 장갑, 양말, 모자, 목도리 등이 가득 들어 있었다. 환우들은 동심으로 돌아가 물건을 고르느라 잠시나마 병상의 시름을 잊었다. 어떤 상자에는 사탕이나 과자, 초콜렛 등이 들어 있었다. 남녀노소 누구든지 필요한 것을 가져갈 수 있었다. 돈 주고 옷을 사는 법이 없는 마리안느와 마가렛도 가끔 이들과 함께 구호품 상자에서 맞는 옷을 골라 입었다.

오스트리아에는 '환자들에게는 덮을 것이 필요하다'는 속담이 있다. 그 말처럼 또 다른 상자 안에는 누군가 한 땀 한 땀, 색색의 실로 정성스레 뜬 포근한 담요가 가득 들어 있었다. 추운 겨울에는 이 고운 색동 이불이 환우들의 차가운 몸뿐 아니라 얼어붙은 마음까지 따뜻하게 덥혀 주었다.

마가렛의 어머니인 피사렉 부인은 의사인 아들 노르베르트의 병원 대기실에 뜨개실과 바늘을 구비하고 안내문을 써놓았다. 소록도에 있는 이들을 위해 뜨개질을 부탁하는 안내문이었다. 그 안내문을 읽은 많은 여인들이 진료 순서를 기다리는 동안에 담요의 조각들을 떴다. 피사렉 부인의 지인들도 여기 합류했다. 피사렉 부인은 그 조각들을 이어붙인 수많은 담요와 함께 뜨개질 재료와 실, 바늘도 소포로 부쳐주었다.

오스트리아 부인회원들이나 다른 후원자들도 뜨개질 대열에 동참했다. 마리안느의 여동생들은 8월 말에 배편

담요를 실어 나르는 마르안느와 맞은편 오른쪽의 신정식 원장님

옷과 담요를 나눠주는 마리안느

으로 선물상자를 부치곤 했다. 몇 달 동안이나 바다를 건너와 마침내 성탄절 무렵 소록도에 도착한 배달상자 안에는 옷이나 편물 등은 물론이고, 과자 만드는 재료와 가죽구두 등 소록도에서 구하기 힘든 물품들이 들어 있었다.

항공소포가 수도 없이 오가다보니 가끔은 웃지 못할 일도 생겼다. 당시 오스트리아의 친지들이 마리안느와 마가렛에게 보내주는 초콜렛은 왜 그런지 김포공항 세관을 거치면 종종 사라졌다. 한 번은 마가렛의 동생이 설사약을 소포로 부쳐왔다. 이 설사약은 외관상 초콜릿과 대단히 비슷했다. 그런데 세관에서 일하던 누군가가 이 초콜릿처럼 생긴 알약을 한꺼번에 먹은 모양이었다. 그날 이후로 세관에서 초콜릿 상자의 행방이 묘연해지는 일은 더 이상 발생하지 않았다.

마리안느와 마가렛은 소포를 받는 것에서 그치지 않고 여자 환자들에게 뜨개질과 십자수를 가르치고 유행시켰다. 마리안느는 십자수 재료나 수판, 실 등의 재료를 여인들에게 나눠주고 편물 방법을 알려주었다. 손재주 좋은 여인네들은 뭐든지 금방 배우고 응용도 잘 했다. 여인들은 곧 입원실이나 아동치료실, 그리고 휴게실에 삼삼오오 모여 편물을 뜨거나 손수건, 부채, 조각보, 벽걸이용 십자

수 작품들도 만들었다. 그녀들은 문양으로 글씨나 십장생, 동양화의 새와 꽃을 수놓았다. 곧 크기가 아주 큰 작품도 나왔다. 무늬는 점점 다양해졌고, 부채춤이나 그네 타는 이도령과 성춘향의 모습도 등장했다. 여인들은 수를 놓으면 심난했던 마음이 차분해진다고 말했다.

누군가 바늘 꿰기 전에 실에 침을 바르면, 마리안느는 "아이고 왜 우리 실을 다 먹어부러? 먹지 마, 아무리 배가 고파도" 하고 농담하곤 했다. 마리안느와 마가렛은 한국의 전통 문양을 좋아해, 환자들로부터 수공예품을 직접 구입해서 오스트리아의 지인들에게 선물하기도 했다. 환자들이 황송해서 돈을 어떻게 받느냐고 손사래를 치면, 그녀들은 "공짜 없어" 하고 말하며 꼭 값을 쳐주었다. 잘 만들어진 천은 꽤 고급스러웠고, 누군가는 이태원의 미국 가게에 이것들을 팔았다. 이 제품들이 소록도에서 만들어졌다는 말은 하지 않았지만.

마리안느와 마가렛의 주변에는 좋은 사람들이 참 많이 모였다. 그녀들의 믿음직한 조력자들은 병원에서 함께 일을 하는 데 그치지 않고, 이후 긴 시간 동안 소중한 벗으로서의 인연도 이어갔다.

1977년 26세이던 정형외과 의사 김인권 외과과장은 무의촌 진료담당 의사로 처음 소록도에 들어오게 되었다. 당시 전공의들은 정부 시책에 따라 6개월 동안 의료 취약 지역에 근무한 뒤에 전문의 시험을 볼 수 있었다.

다미안 재단의 의료진이 철수한 이후로 소록도병원에서 수부재건술의 명맥은 끊어져 있었다. 김 의사는 부임한 이후 다미안 재단이 남기고 간 수술기구들을 찾아 환자들의 손 수술을 재개했고, 김오수 장로가 물리치료를 전담하여 다시금 소록도병원에서 외과수술과 재활치료가 활발히 이루어졌다.

마리안느와 마가렛은 김 의사를 '약손'이라 불렀다. 그는 탁월한 의료기술의 소유자였고, 무엇보다 환자들을 사랑으로 대하는 마음을 지녀 그녀들과 매우 잘 통했다. 김 의사는 6개월의 무의촌 진료를 마치고 잠시 외지로 떠났다가, 2년 뒤 결혼해 아내와 갓 태어난 딸과 함께 다시 소록도로 들어와 공중보건의로서 3년을 더 근무했다. 당시에 전도유망한 젊은 의사가 가족과 함께 소록도에 들어오는 경우는 거의 전무했다. 크리스천인 그는 마리안느와 마가렛을 가까이에서 지켜보면서 그녀들의 숭고한 희생정신에 감동을 받았고, 진정한 의료인이자 신앙인의 모습에 존경심을 품게 되었다.

당시 소록도의 교도소에는 30명 정도의 환자가 있었다. 교도소 서장의 부탁으로 마리안느와 마가렛은 매주 화요일 오후 2시 교대로 그곳을 방문해 한센병 재소자에게 약을 주고 상처를 치료했다. 재소자들은 출소 후에도 다시 수감되는 일이 많았기에, 마리안느와 마가렛은 병의 치료와 함께 그들의 상담에도 관심을 기울였다. 그녀들은 재소자들의 세례식에서 대모도 여러 번 섰다. 이후 주로 마가렛이 이 일을 담당했고, 김 의사도 마가렛과 함께 이곳을 방문해 환자들을 진찰하고 치료했다.

당시 교도소 내에 샤워시설이 있을 리 만무했기에 재소자들은 평소 몸을 씻지도 못하고 지내는 형편이었다. 그래서 마리안느와 마가렛은 오스트리아 부인회의 지원을 받아 교도소 내에 따뜻한 물이 나오는 보일러와 샤워장을 설치하기도 했다.

마리안느와 마가렛은 종종 김 의사의 가족을 관사로 초대했다. 그들은 소박하게 준비된 요리와 케이크, 과자 등을 먹으며 편안하고 즐거운 시간을 함께 보내기도 했다. 이후 김 의사는 여수 애양원으로 옮겨갔다. 그 역시 어려운 이웃을 위해 최소한의 진료비만을 받으며 평생을 바쳐

인술(仁術)을 펼치는 존경받는 의사가 되었다.

전풍자 의사는 은퇴 후 1976년 소록도병원에 내과과장으로 부임했다. 외유내강형의 리더십을 지닌 전 의사는 마리안느, 마가렛과 매우 가까운 이웃으로 지냈다. 젊은 시절 일본의 동경여의전에서 유학한 그녀는 마산에서 산부인과 개업의로 일하던 시절, 보육소를 지어 오갈 데 없는 어린이들을 돌보았다. 전 의사는 1979년에 소록도병원 내의 18명의 간호사들의 모임인 '한바람회'를 조직한다. 이들은 환우들의 머리를 감기고 이발을 해주거나, 각 병사지대를 나누어 맡아 빨래와 부엌살림도 돌보았다. 전 의사는 근무시간 이후에도 수많은 한센병 환우들의 이야기를 밤늦게까지 들어주었고, 항상 낮은 자세로 진료에 임해 환우들의 존경을 받았다.

소록도에 원불교를 전한 혜심 스님, 김정희 약사도 마리안느, 마가렛과 오랜 기간 병원에서 함께 일하며 그녀들과 우정을 나누었다. 김 교무는 1976년 약사가 부족하던 시절 소록도에 들어와 병원의 단기 자원봉사자로 일하다가 신 원장의 권유로 약국에서 근무하게 되었다. 그녀는 마리안느, 마가렛과 이내 친해져 격의 없이 원불교의 연등행사와 성당의 크리스마스 행사에 함께 참석하기도 했다. 송정희 간호사와 공동으로 한센인의 자녀교육을 위한 금송장학회의 최초 기금을 만들기도 한 김 교무는 이후 아프리카로 건너가 긴 세월 동안 봉사했다.

금탑사의 비구니 서림 스님 역시 마리안느, 마가렛의 특별한 친구들 중 한 명이다. 풍부한 감수성을 지닌 시인이기도 한 서림 스님은 그녀들보다 열 살 이상 나이가 어렸지만 서로 스스럼없이 '형아'라고 부르며 속내를 털어놓는 사이였다. 종교 때문에 갈등을 겪거나 대화가 막혔던 적은 한 번도 없었다. 마리안느와 마가렛의 방 벽에 붙어 있는 '無(무)'라는 글씨도 서림 스님이 써준 것이었다.

M 치료실의 큰 할매, 작은 할매

***

　1984년 5월 4일, 교황 요한 바오로 2세가 소록도에 방문했다. 교황청이 한국에서 가장 소외된 곳을 방문지에 포함시켜 달라고 한국정부에 요청했기에 가능한 일이었다. 이날은 마리안느의 쉰 살 생일이기도 했다.

　소록도 주민들은 섬 여기저기에 도로를 새로 깔고 기반 시설을 증축하는 등 요한 바오로 2세의 방문 몇 달 전부터 대대적인 행사 준비 작업에 착수했다. 5월이 다가오자 경호 인력이 섬에 상주하며 들고나는 모든 사람의 신원을 일일이 확인했다. 천주교 측에서는 성당 마당에 벤치를 놓고 바닥에 자갈도 새로 깔면서 귀빈 맞이에 심혈을 기울였으나 요한 바오로 2세가 성당을 방문할 기회는 없었고 섬에 도착한 교황님의 강복을 먼저 받은 이들은 장로교 신자들이었다.

요한 바오로 2세의 최초 한국 방문을 취재하기 위해 세계 각국의 미디어들이 소록도를 찾았다. 미국의 NBC 방송국 제작진들은 한 달 이상 섬에 머물며 소록도 환우들의 이야기를 심층 취재해 미국 전역에 방영했다.

당시 소록도에는 직원들이 배를 타는 부두와 환우들이 배를 타는 부두가 따로 있었다. 치유된 환자들은 전염성이 전혀 없는데도 불구하고 옛날부터 시행되던 차별정책이 그대로 이어졌던 것이다. 이 이야기를 담은 NBC 방송국의 다큐멘터리 프로그램이 전파를 타자 시청자들은 이러한 소록도의 현실에 의문을 제기했고, 이에 소록도병원장은 환우들이 따로 배를 타던 부두를 폐쇄하고 선착장을 일원화하는 결단을 내린다. 환우 차별의 커다란 상징 중하나였던 제비선창과 구라호가 없어진 것이다. 이는 섬의 역사에 한 획을 긋는 사건이었다. 마리안느와 마가렛도 오랫동안 이를 염원해 왔었다.

요한 바오로 2세의 방문 행사 당일, 마리안느와 마가렛은 삼엄한 경비 속에 초청자 신원확인을 마치고 행사장에 들어가 세 시간 이상을 기다린 끝에 교황님과 접견하고 악수도 나누었다. 요한 바오로 2세와 같은 폴란드 출신인

교황 요한 바오로 2세와 접견하는 마리안느, 마가렛

마가렛에게는 더욱 특별한 만남이었다. 요한 바오로 2세는 소록도에 금일봉과 함께 커다란 나무 십자가를 선물했다. 이후 일반 대중들에게 소록도의 인식이 개선되어 자원봉사자의 인원과 정부 산하 단체의 지원금도 늘어났다.

그리고 이때 폐쇄된 제비선창은 훗날 태풍의 습격을 받아 부서지고 만다.

한센병 치료제로 널리 쓰이던 람프렌의 부작용은 우리가 이미 알고 있듯 온몸의 피부가 새까매지는 증상이다. 당연한 일이지만 이미 오래 전에 발병한 환자들은 치료를 시작해도 금방 낫지 않는다. 이렇게 몇 년 동안 이어지는 한센병 치료제의 복용기간 중에 부작용을 견디지 못하고 치료를 포기하는 환자들도 많이 있었다. 마리안느와 마가렛은 환자들이 지난한 치료의 과정을 잘 견뎌낼 수 있도록 끊임없이 격려해주며 간호사로서 최선을 다했지만, 가끔은 그녀들 스스로도 인내심에 한계를 느낄 때가 있었다.

한 여자 환자는 람프렌과 리팜신을 장기간 복용했는데, 어째서 그런지 시간이 지나도 전혀 나아지지 않고 피부색에도 변화가 없었다. 이상하게 여긴 마리안느가 추궁했지만 환자는 약을 잘 먹고 있다고만 대답했다. 그러나 나중에 알고 보니, 그녀는 마리안느 앞에서는 약을 먹는 척 하고서 나중에 혀 속에 숨겼던 약을 병에 도로 뱉어내 왔던 것이다. 람프렌과 리팜신은 오스트리아부인회의 지원으로 수입해오는 고가의 약품이었기에, 아동치료실의 마리안느가 직접 관리하며 투약을 담당하고 있었다. 이 환자는 피부가 새까맣게 변하는 게 무섭고 싫어서 그동안 약을 삼키지 못했다고 실토했다. 그녀의 고백을 들은 마리안느는 심한 허탈감을 느꼈다. 마리안느는 그간 온 정성을 다해 이 환자에게 시간 맞춰 약을 먹여왔던 것이다.

"못 먹겠으면 차라리 그냥 솔직하게 말했으면 좋았을 텐데, 왜 나를 속였어요. 약 준 다음에 우유까지 먹였는데…… 그때도 자기, 먹는 척만 하고!"

마리안느는 기가 막혀 눈물이 나오려는 것을 애써 참았다. 그리고 환자에게 이제는 소원대로 약을 먹이지도 않고 신경 쓰지 않을 테니 걱정하지 말라고 통보했다. 환자는 뒤늦은 후회의 눈물을 흘리며 마리안느에게 용서를 빌었다.

한 환자는 마리안느의 지시를 충실하게 잘 따르며 람프렌을 잘 먹고 있었다. 당연히 그의 피부는 검게 변해갔다. 그런데 어느 날 누군가가 지나가면서 무심코 "아이구 아주 새까맣구나. 어디 아프리카 갔다 왔어요?" 하고 농담을 건넸다. 그러자 그렇지 않아도 심리적인 어려움을 누르고 있던 환자는 깊은 상처를 받아 투약을 거부하기 시작했다. 이 이야기를 들은 마리안느는 분을 참을 길이 없어 발언한 이에게 뛰어가 격하게 항의해 사과를 받아냈다.

이런 일이 반복되자 병원의 원장님은 날을 잡아 환자들의 입원실 벽장을 일제히 검사했다. 이때 환자들이 그동안 먹지 않고 숨겨놓은 람프렌 병들이 많이 발견되었고, 마리안느와 마가렛은 또 한 번 절망감에 빠져 며칠 동안 의욕을 상실한 채 지내야 했다. 병원 생활은 실로 예상치 못한 갖은 투쟁의 연속이었다.

그러나 이런 과정을 잘 참으면서 투약기간을 견뎌낸 많은 수의 환자들은 완치의 기쁨을 맛보았고, 건강 받아 퇴원하는 환자도 점점 늘어갔다.

소록도 병원의 의료진은 그 수가 부족했을 뿐 아니라 구성원들이 자주 바뀌었다. 무의촌 봉사를 해야만 전공의 시험 자격이 주어지는 규정 때문에 6개월이라는 짧은 기간 동안 이곳에 부임했다가 곧바로 떠나는 의사가 많았기 때문이다. 그나마 이 제도 덕분에 의료 사각지대에 의료진이 유지될 수 있었던 것도 사실이다.

한센병 치료에 쓰이는 스테로이드 제제는 환자의 상태를 면밀히 관찰하며 적정 기간만 투여해야 한다. 그러나 의사들이 자주 바뀌면서 몇몇 환자는 새로 온 의사가 처방한 스테로이드 약을 중복해서 장기간 복용했고, 이 때문에 부작용을 겪기도 했다. 이런 상황을 누구보다도 잘 알고 있던 마리안느와 마가렛은 간혹 새로 온 의사들이 과하게 스테로이드 제제를 처방하면 그 지시를 따르지 않고 자의로 투약을 중지시켰다. 그러면 의사로서의 권위에 도전을 받았다고 여긴 젊은 의사들은 원장실을 찾아가 분통을 터뜨리며 불만을 토로하기도 했다.

마리안느와 마가렛이 의사의 지시에 반하는 결정을 내릴 만큼 존재감을 가질 수 있었던 이유 중 하나는, 오랜 시간 이동하지 않고 지속적으로 이곳에 머무르며 근무했다는 점이다. 그렇다 보니 누구보다도 풍부한 임상경험을 갖춘 한센병 분야의 전문가가 된 그녀들은 이곳 환자들의 세세한 사정까지 두루 파악하고 있었다. 간호사로서 그녀들은 평소 의사의 지시를 충실히 이행하는 편이었지만, 이런 경우에는 자신들의 뜻을 굽히지 않았고 이로 인한 마찰도 불사했다.

언제부터인지 사람들은 마리안느와 마가렛이 일하는 아동치료실을 그녀들의 이름 앞 글자를 따 'M치료실'이라 불렀다. 간호사로서 늘 환우들과 함께 동고동락하다 보니, 마리안느와 마가렛은 어느새 쉰 살을 훌쩍 넘겼다. 흰머리가 나면서부터는 '큰 할매'와 '작은 할매'라 불리기 시작했다.

그리고 이때, 줄곧 허리 통증 때문에 고생하던 작은 할매 마가렛의 상태는 점점 나빠졌다. 급기야 어느 날 그녀는 일어설 수도 없었고 하반신 전체가 마비되기 시작했다. 병원의 여러 처방도 전혀 효과가 없자 모두들 그녀에게 오스트리아로 돌아가 치료를 받으라고 권유할 정도였다. 그러나 병세는 이미 그녀가 장시간의 비행을 감당할 수 없을 정도로 악화되어 있었다. 의사들은 이대로 간다면 걸을 수 없게 될 테니 빨리 수술하라고 경고했다.

이 시기 마리안느는 근심이 가득한 얼굴로 만나는 사람들에게 마가렛을 위한 기도를 부탁했다. 교우들은 삼삼오오 성당이나 교회에 모여, 마가렛의 쾌유를 비는 진심어린 기도를 드렸다.

서울에 올라가 강남성모병원에 입원한 마가렛은 다리에 철심을 박는 큰 수술을 받았다. 의사는 일주일만 더 늦었어도 다리의 신경들이 다 죽었을 거라고 말했다. 마리안느는 보호자로서 입원 기간 내내 마가렛의 병실을 지켰다.

병실에 누운 마가렛은 수술로 인한 통증에도 그저 웃으며 평온한 태도를 잃지 않았다. 그리고 이곳에서 예전 가르멜 수녀원에 있었을 당시의 동료 수녀들과 뜻밖에 재회를 한다. 다행히도 수술 경과는 매우 좋았고, 마가렛은 퇴원 후 오스트리아로 돌아가 몇 달 동안 재활치료에 전념하며 기대 이상의 빠른 속도로 회복할 수 있었다.

가르멜 수녀들은 후에 마가렛에게 '일소일소 일노일노 (一笑一少 一怒一老)'라는 글자가 새겨진 커다란 현판을 선물했다. 글씨를 쓴 게 아니라 마가렛의 쾌유를 기원하며 수녀들이 한 땀 한 땀 수를 놓은 작품이라고 했다. 수많은 이들의 정성 어린 기원 덕분인지 마가렛은 완쾌된 몸으로 소록도병원의 업무 현장에 복귀했다.

마리안느와 마가렛은 5년마다 3개월의 휴가를 받았다. 그러나 오스트리아에 가서도 소록도와 관련된 모금 활동을 하느라 바빴고 휴가기간을 다 채우지 않고 돌아올 때도 많았다. 그녀들은 연로하신 부모님들을 자기 대신 챙겨주는 형제자매들에게 늘 커다란 고마움을 느꼈다. 마리안느가 '오빠 신부님'이라 부르는 카멜리안 수도회 소속의 레오나르도(Leonardo) 사제는 마리안느의 가족들에게 영성적으로 많은 도움을 주기도 했다.

공식 휴가 때는 오스트리아 부인회에서 비행기 표를 지원했지만 그 사이 고향에 갈 일이 생기면 마리안느는 아르바이트를 해서 표 값을 벌었다. 당시 홀트 아동복지회를 통해 한국에서 유럽으로 입양되어 가는 아기들이 많았다. 비행 중에 입양 아기들을 돌봐주는 일을 하는 사람은 유럽 왕복 편을 무료로 이용할 수 있었다. 그 대신 돌아오는 표를 얻으려면 현지에 머무르는 기간이 한 달을 넘지 않아야 했다. 비행을 마치고 암스테르담, 브뤼셀, 오슬로 등지의 공항에서 기다리던 양부모에게 아기를 인계하는 일이었다.

그러나 이 일은 결코 쉽지 않았다. 비행을 할 때면 어른 세 명이 다섯에서 일곱 명의 아기를 돌봐야 했다. 당시는 비행기를 이용하는 승객이 많지 않았다. 8~9개월쯤 된 아기들은 불안함을 느끼는지 자다가도 번갈아가며 깨고 귀가 아플 정도로 울었다. 아기들에게 우유를 먹이는 건 대체로 마리안느의 몫이었다. 마리안느는 울다 지친 아기들이 측은해 비행 내내 마음이 아팠다.

한 번은 함께 아기를 돌봐야 하는 두 남자가 비행기에 오르자마자 수면제를 먹고 잠이 드는 바람에, 마리안느 혼자서 아기들을 돌봐야 했다. 스튜어디스들이 쩔쩔매는 마리안느를 도와주었고, 두 남성은 비행이 다 끝나고 나서야 잠에서 깨더니, 그동안 줄곧 그래왔었다는 듯 태연히 아기들을 안고 내렸다.

마리안느와 마가렛의 가족과 친지들은 때때로 소록도를 방문해 그녀들의 관사에서 머물다 돌아갔다. 그들이 느끼는 소록도는 그저 아름다운 섬이자 바다수영을 할 수 있는 동양의 멋진 휴양지로 여겨지기도 했다.

1988년 11월, 19세의 레기나 크루켄하우저(Regina Kruckenhauser)는 자원봉사자로 소록도를 방문한다. 그녀는 국립소록도병원에서 마리안느와 마가렛의 지시를 받으며 의약품을 정리하는 일을 주로 했다. 당시 레기나는 인생의 공허함을 느끼며 방황하고 있었다. 이곳에서 난생 처음 한센병 환우들을 만난 그녀는 일할 때마다 병실에서 풍겨오는 냄새가 심해서 고생을 많이 했다.

그렇지만 차차 환우들을 직접 대하면서 지금까지 경험하지 못했던 커다란 기쁨을 느끼게 되었다. 환자복에서 떨어진 단추를 꿰매주거나 약을 가져다주는 조그만 도움에도, 환우들은 두 손을 맞잡으며 그녀에게 진심에서 우러나오는 감사의 마음을 표시했다.

레기나는 6개월 동안 마리안느와 마가렛의 관사에서 함께 지냈는데, 놀랄 만큼 많은 사람들이 자주 드나들었다. 그러나 마리안느와 마가렛은 그들을 전혀 부담스러워하지 않았고 한결같이 반갑게 맞이했다.

레기나가 보기에 마리안느와 마가렛이 함께 일하는 방식도 매우 흥미로웠다. 두 간호사는 병원의 업무를 효율적으로 분담했고 서로의 의견을 조율하고 보조를 맞춰 가면서 의미 있는 일들을 차분히 이루어나갔다.

특히 레기나에게는 명상에 잠긴 마가렛의 모습이 대단히 인상적이었다. 마가렛은 지금까지 레기나가 만나온 사람 중에서 가장 영적이라고 느껴지는 인물이었다. 레기나는 만약 '사랑'이라는 단어가 의인화된 존재가 있다면, 그게 바로 마가렛일 거라고 생각했다.

마가렛은 평소에 '자유'라는 말을 참 좋아했다. 그녀는 사랑도 자유 속에서만 존재할 수 있다고 즐겨 말했다.

레기나는 6개월 동안의 자원 봉사를 마치고 소록도에서 떠나면서, 이제부터는 자신의 인생을 당당하게 마주하겠다고 결심한다. 이후 오스트리아로 돌아간 그녀는 심리치료사의 길을 걷는데, 소록도에 있을 때는 전혀 예상치 못했던 일이지만, 마가렛의 친조카인 클라우스를 만나고 그와 결혼해 마가렛의 조카며느리가 되었다.

마리안느와 마가렛에게는 상을 주려는 단체들이 줄을 이었다. 그녀들이 남몰래 사양한 상도 적지 않았다. 1994년, 주한 오스트리아 대사는 소록도를 방문해 마리안느와 마가렛에게 오스트리아 정부의 훈장을 수여했다. 몇 번이나 초청했지만 그녀들이 서울로 올라올 기미를 보이지 않자, 오스트리아 대사가 직접 헬기를 타고 내려온 것이다.

그녀들이 은퇴할 나이인 예순 살이 되자, 오스트리아 부인회는 30년 이상 지급해오던 생활비 지원을 마감한다. 또한 한국이 이제는 해외의 원조 없이도 잘 사는 나라가 되었다고 판단한 오스트리아부인회는 그동안 한국에 책정했던 예산을 다른 곳으로 돌리기 시작한다. 이때부터 마리안느와 마가렛은 오스트리아 정부에서 지급하는 약소한 금액의 연금만으로 생활하게 된다. 그녀들은 이 연금을 아껴 예전보다 더 검소하게 지내면서 지원이 끊긴 환자들의 우유 값도 부담했지만, 이런 사실을 알지 못한 채 여전히 예전처럼 그녀들에게 지원금을 바라는 이들이 많았다.

1996년 5월 17일, 마리안느는 대통령 김영삼으로부터 국민훈장모란장을 받고 마가렛은 국민포장을 받았다.

1999년 6월, 이들은 삼성 호암재단에서 수여하는 호암상 사회봉사상 부문의 수상자로 선정되었다. 상금이 1억 원인 큰 상이었지만 두 간호사들은 두 번 생각지도 않고 수상을 거절했다. 그러나 소록도병원의 동료들이 상금으로 좋은 일을 할 수 있지 않겠느냐고 설득해, 그녀들은 결국 수상을 수락하지 않을 수 없었다. 이때도 마가렛은 시상식장에 가지 않겠다고 선언했고, 마리안느와 함께 박경자 간호과장이 서울에 올라가 대리수상을 했다.

당시 소록도병원은 앰뷸런스가 없어 어려움을 겪고 있었다. 어느 날 술에 취한 운전기사가 앰뷸런스를 몰고 바다로 들어가 버린 것이다. 기사는 별일 없이 무사했으나 앰뷸런스는 폐차되었다. 당시는 이자율이 높던 시절이어서, 병원에서는 마리안느와 마가렛이 전액 기부한 호암상의 상금 1억 원을 기금으로 만들어 은행에 넣고 그 이자로 새 앰뷸런스를 구입했다.

어느 날, 그녀들이 사는 관사의 문을 누군가 두드렸다. 문을 열자 밖에 한 신사가 서 있었다. 신사는 그녀들에게 봉투 하나를 내밀더니 바로 뒤돌아서 고개를 내려가 버렸다. 아무것도 씌어 있지 않은 흰 봉투 안에서는 천만 원짜리 수표 한 장이 나왔다. 이름도 연락처도 알려주지 않은 무명 독지가의 선물이었다.

평소 마리안느와 마가렛이 참 신기하다고 생각하는 일이 있다. 어디선가 기부금이 들어오면 곧 누가 보내기라도 한 듯, 그 액수만큼의 돈을 원하는 이들이 찾아오는 것이다. 이 수표 역시 얼마 지나지 않아 봉투째로 필요한 곳으로 흘러갔다.

천막을 걷다

***

섬사람들은 대체로 바다에 잘 들어가지 않는다. 넘실대
는 푸른 바다에 이끌려 탄성을 지르며 뛰어 들어가 해수
욕을 즐기는 이들은 대부분 외지인들이다.

해수욕을 유난히 좋아했던 마리안느와 마가렛은 시간
이 날 때마다 하늘과 물의 경계에 푹 잠겨 일상의 시름을
잊고 심신의 피로를 풀었다. 10월이 되면 아무리 햇살이
따뜻한 날이라 해도 바닷바람이 차가워 물속에 들어가는
사람이 없었지만, 마리안느와 마가렛만은 11월 초까지도
거리낌 없이 바다에 들어갔다.

그런 그녀들의 모습을 보고 소록도 사람들은 "확실히
할매들은 우리랑 다르네, 역시 서양인들이여" 하고 감탄
했다. 제비선창 앞 할매들의 전용 해수욕장은 '선녀탕'이

라고 불렸다. 그녀들은 한때 한겨울에도 바다에 들어갈 수 있는 해녀의 장비를 구하기도 했지만, 아무래도 위험한 겨울 해수욕을 실행에 옮기지는 못했다.

그러나 2000년의 어느 가을날 한가롭게 수영을 즐기던 마가렛은 맹독을 지닌 물고기에 쏘이고 만다. 순식간에 쇼크와 마비 증상으로 입술이 파래지고 숨이 가빠진 그녀는 즉시 병원으로 실려가 주사를 맞고 치료받아야 했다.

이후 소록도의 다리 공사가 시작된 뒤로는 제비선창 앞 바다로 기름이 흘러나와 더 이상 물에 들어갈 수 없게 되었다. 할매들은 남생리 목욕탕 근처의 바다로 수영 장소를 옮겼다. 마리안느는 여전히 헤엄치기를 즐겼지만, 마가렛은 물고기에 쏘인 이후로는 물에 잘 들어가지 않았다.

고혈압이 있는 마리안느는 마가렛의 동생인 의사 노르베르트로부터 평소 혈압 약을 처방받아왔다. 2003년 오스트리아로 휴가를 갔을 때, 노르베르트는 대장의 이상 증상을 느끼던 마리안느에게 건강검진을 권유했다. 마리안느는 내시경과 피검사 등 정밀검사를 받았는데 결과는 대장암이었다. 의사는 충격에 휩싸인 그녀와 가족들에게 다행히 아주 초기의 '예쁜 암'이라고 표현하면서 암세포를 제거하면 일상생활에 무리가 없을 거라고 말했다.

그해 5월, 마리안느는 오스트리아에서 대장 절제 수술을 받는다. 이때의 후유증으로 10킬로그램 이상 살이 빠져 주변 사람들의 걱정이 아주 컸지만, 이런 상황에도 그녀는 소록도로 다시 돌아왔다.

그러나 4개월 후 마리안느에게 다시 장폐색이 왔다. 한밤중에 참을 수 없을 만큼 심한 복통을 느낀 마리안느는 절친한 친구인 박성이 간호팀장의 도움으로 배에 실려 소록도를 빠져나갔고, 즉시 간호병원에 입원했다. 사흘 후에 마리안느는 2차로 장 일부의 절제 수술을 받는다. 이때 그녀는 실로 극심한 육체적 고통에 시달렸다.

다행히 수술 경과가 나쁘지는 않았으나, 이후에도 소화가 잘 되지 않는 증상은 계속해서 그녀를 괴롭혔다. 물론 마가렛의 걱정도 이만저만이 아니었다. 병원의 M치료실은 당분간 마가렛이 홀로 지켰다. 그 즈음부터 관사에 함께 살게 된 오랜 친구 문옥녀 씨의 도움을 받아 아침에도 변함없이 병원으로 가 환자들에게 우유를 나눠주었다.

곧 회복기에 접어들어 병원에 다시 나가기 시작했지만 두 차례의 큰 수술을 겪은 마리안느의 체력은 예전 같지 않았다. 그녀는 어느 날, 천식으로 인해 가쁜 숨을 몰아쉬며 병원 주변을 새삼스레 둘러보았다.

마리안느와 마가렛이 이곳에 처음 왔던 40여 년 전과 비교해보면, 한국은 그간 믿기 힘들 만큼의 경제성장을 이루었다. 소록도병원도 모든 면에서 눈부시게 발전했다. 병원에는 젊고 유능한 의사와 간호사들이 많았고, 환자들에게는 국가로부터 각종 연금이 지급되었다. 이 즈음 병원에는 새로 발병하는 환자도 거의 없었고, 이제 한센병은 투약치료로 2-3주 안에 완치되는 질환이다. 마리안느와 마가렛은 소록도병원이 자신들의 도움을 더 이상 필요로 하지 않는다는 사실을 피부로 느끼고 있었다.

물론 예전과 비교해 아쉬워진 점도 있었다. 물질적으로 풍요로워지면서 오히려 소록도의 인심이 각박해진 것은 사실이었다. 지극히 어려운 가운데에서도 환우들끼리 한 가족처럼 서로 믿고 의지하던 과거의 따뜻한 분위기는 이제 어디에서도 찾아보기 힘들었다.

그러나 시절이 달라졌으니 어쩔 수 없이 받아들여야 하는 현실일 뿐이었다. 게다가 오래 전 그녀들과 비슷한 시기에 한국에 들어왔던 다른 지역의 외국인 동료들 중에서도 치매로 고생하는 이가 생기기 시작했다.

2005년 4월, 40년 가까이 간호사로 그녀들과 동고동락 해온 박경자 간호과장이 퇴임 후 소록도를 떠났다. 마리 안느와 마가렛에게는 이 일이 큰 전환점이 되었다. 한국 인도 나이가 들면 자연스럽게 퇴직해서 고향으로 돌아가 는데, 외국인인 자신들 같은 처지는 노쇠해서 거동이 불 편해지기 전에 귀국하는 것이 순리라고 여겨졌다.

마가렛은 실상 마리안느만큼 체력이 달리지는 않았다. 그러나 만약 떠나야 한다면 두 사람이 함께 떠나는 것이 당연했기에, 다른 생각은 할 수 없었다. 두 사람은 더 이상 그럴 수 없을 만큼 호흡이 잘 맞는 동료로서 오랜 세월 생 사고락을 함께 해왔다. 젊었을 때는 의견충돌도 꽤 있었 지만, 이제는 어쩌다 둘이 좀 다퉜다 해도 그날이 가기 전 에 화해했다. 사실 나이가 들면서부터는 두 사람이 싸울 일도 거의 없었다.

마리안느와 마가렛은 실로 오랜 고심 끝에, 함께 사는 문옥녀 씨를 제외한 아무에게도 알리지 않고 이 섬을 떠 날 준비를 하기 시작했다. 모든 일에는 때가 있다. 올 때가 있었으니 갈 때도 있는 것이다.

사람들은 마리안느와 마가렛이 소록도의 한센인들을

위해 자신들의 일생을 온전히 희생했다고 생각한다. 그것
도 맞는 말일 것이다. 하지만 실상 그녀들은 소록도에서
의 간호사 생활 동안, 온갖 어려움 속에서도 큰 기쁨과 보
람을 느끼며 누구보다도 행복하게 살아왔다.

그녀들은 고통에 찬 환우들을 치료하면서 동시에 자신
들도 그 안에서 정화되는 신비로운 체험을 했다. 한센인
들은 살이 썩고 지체가 떨어져나가는 믿을 수 없을 만큼
잔인한 고통 속에서, 언젠가 죽어 헤어질 몸과 미리 이별
하는 법을 배우지 않을 수 없었다. 마리안느와 마가렛은
그런 한센인을 보며 '저분들이 바로 성인, 성녀구나' 하고
느낀 순간이 많았다. 생의 괴로움이 무엇인지 뼈저리게
잘 아는 그들은 땅처럼 겸손했고, 아주 작은 호의에도 크
게 감사했으며, 끊임없이 다른 이들을 위해 기도했다.

소록도에는 자원봉사자들이 참 많이 다녀갔다. 그들은
처음에 이곳에 봉사하러 온다고 생각하지만, 떠날 때는
오히려 환우들로부터 삶과 죽음에 대한 큰 가르침과 영감
을 얻어 가곤 했다. 타지에 있는 몸이 멀쩡한 가족들은 환
우들을 이 섬에 버린 채 아무도 찾아오지 않는데, 환우들
은 자신을 버린 가족들이 잘 살아가기를 바라며 매 순간
진심으로 기도하고, 또 기도했다.

어떤 환우는 하늘을 향해 웃으며 죽어갔다. 눈이 없거나 코가 없어도, 그들은 지극히 아름다운 모습으로 담담히 죽음을 맞이했다. 어쩌면 인간의 순수성은 비극을 통해서 발현되는 것인지도 모른다. 어쩌면 인간은 고통을 통해서만 정화될 수 있는지도 모른다. 어쩌면 이 섬의 환우들은 수많은 사람들이 겪어야 할 고통을 대신 져왔던 것인지도 모른다.

그녀들은 아무도 가지 않으려 하던 그 좁은 문을 열고 좁은 길로 들어섰다. 그런데 그 길 위에는 미처 예상치 못했던, 그녀들만을 위해 준비된 온갖 아름다운 꽃들이 피어나 있었다. 극심한 고난의 열매 안에는 반드시 내밀한 기쁨의 씨앗이 숨어 있었다. 그것은 고통의 신비였다.

그리고 자연이 있었다.

자연은 상처받은 인간을 말없이 받아주고 위로해준다.

한 겨울, 눈발이 날리고 바람은 매서워도 매화 봉우리는 눈꽃 사이로 다소곳이 얼굴을 내밀었다. 개나리, 진달래, 철쭉, 벚꽃, 제비꽃, 난초, 노란 창포, 동백꽃, 작약, 꽃무릇, 국화, 백합, 봉선화 색색의 꽃들이 철따라 흐드러지게 피고 지며 소록도의 골짜기마다 향기를 뿜어냈다.

나무가 옷을 벗는 계절이 되면, 어디선가 팽나무 이파리들이 바람에 하나 둘 떨어지는 소리가 들렸다. 바람소리에 귀를 기울이면 자연의 맥박이 느껴졌다. 매일 새벽 뻐꾸기, 종달새, 꿩 등 새들이 불러주는 노랫소리는 꿈나라를 헤매던 그녀들의 단잠을 깨웠다.

바닷물에 풍덩 잠길 때면 햇살을 머금은 부드러운 파도가 그녀들의 지친 등을 쓸어주며 온몸을 어루만졌다. 바닷바람을 머금은 저녁노을은 무지갯빛의 신비한 프리즘이었다. 밤하늘의 달과 별무리들은 잔물결처럼 일렁이며 그녀들의 침실 위에 은은한 빛을 내뿜었다. 수평선에 걸친 광대한 잿빛 공간, 때로 광풍을 몰고 오는 무시무시한 태풍과 그 다음 날의 새파란 하늘은 불가사의한 창조주의 모습을 연상케 했다.

마리안느와 마가렛은 이 섬의 모든 풍경들을 사랑해 마지않았다. 일생 동안 언제나 자신들이 있어야 할 바로 그 자리에 있었기에, 마음속 깊은 곳 어디를 둘러보아도 그녀들에게 후회는 없었다. 어느새 할머니가 되어버린 그녀들은 서로 마주 보며, 말없이 고개를 끄덕였다. 그녀들의 주름진 입가에 잔잔한 웃음이 떠올랐다.

이곳에서는 이제, 다 이루었다.

3부

—

끝과 시작

그리던 고향은 아니러뇨

***

2005년 11월 24일 밤. 프랑크푸르트를 경유하는 긴 비행을 마치고 인스부르크 공항에 내려선 마리안느와 마가렛은 다소 피곤하고 긴장한 모습이었다. 그들이 입국장을 들어서자, 기다리고 있던 가족들이 꽃다발을 안겨주며 환영사가 쓰인 플래카드를 흔들었다. 마가렛의 언니인 트라우데가 특별히 쓴 한국어 문구의 인사말도 보였다. 마리안느와 마가렛이 서로를 의지한 채 손을 꼭 잡고 바닥에 발을 디디는 모습은 어딘지 어린애들 같았다.

두 여인이 지난 40년 세월 동안 파견지에서 세운 혁혁한 공에 대해 조금이라도 전해들은 바가 있었다면, 이날 이곳을 지나던 그 누구라도 마음으로부터 우러나오는 경외의 표시를 하지 않을 수 없었을 것이다.

아무도 가지 않으려 하는 낯선 이방의 한센인 마을에서 오랜 세월 동안 지극히 용맹하게 영웅적으로 싸워온 두 사람이었다. 게다가 이들은 싸움 자체를 싸움이라 생각지도 않았기에, 적들은 생기기도 전에 알아서 스러져버렸다. 두 사람의 인술의 여정은 마침내 이날의 귀향으로 긴 장의 막을 내렸다.

이날 두 할머니의 표정은 미묘하게 복잡했다. 가족들도 반가운 마음 한편으로는 측은함을 느끼며 누군가는 애써 눈물을 삼키기도 했다. 두 할머니는 젊은 시절부터 입버릇처럼 소록도의 땅에 뼈를 묻겠다고 말해왔지만 그 꿈을 결국 이루지 못한 것이다. 가족들은 그녀들이 떠날 수밖에 없었던 그 땅에도 복잡한 사정이 있었으리라 짐작하며 침묵을 지켰다.

두 할머니와 가족들 사이에서 포옹과 포옹이 길게 이어졌다. 마리안느의 여동생들은 직접 만든 케이크와 샴페인도 가지고 왔다. 마가렛은 여전히 카메라를 싫어해 플래시가 터질 때마다 찍지 말라며 두 손으로 얼굴을 가렸다. 따뜻한 덕담들 사이에 짓궂은 농담도 이어지고 때로 유쾌한 웃음이 터져나왔다.

그녀들은 드디어 집으로 돌아왔다.

떠나온 그곳으로, 낯선 고향으로.

이미 몇십 년 동안 뼛속까지 적응한 땅을 떠나 역설적
으로 이제는 고향이라는 새로운 환경에 적응해야 하는 두
할머니는 어려움이 있으리라고 짐작했지만, 아직 그 강도
가 어떨지는 예상치 못하고 있었다. 다가올 겨울은 또 얼
마나 길 것인가.

그녀들은 아직 모르고 있었다. 그들을 기다리고 있던
2005년 말에서 2006년 초에 이르는 그 겨울, 그토록 추운
겨울은 전에도 없었고 앞으로도 다시없을 것이다. 추위
말고도 노구를 이끌고 버텨내야 할 또 다른 고통들이 기
다리고 있었다. 공평한 신은 그 누구의 노년에도, 심지어
훌륭한 삶을 살아온 이들의 노년에도 결코 축복만을 내려
주지는 않았다.

마리안느는 다음날 새벽부터 기침을 하기 시작했다. 소
록도의 온화한 기후에 익숙해져 마트라이가 얼마나 추운
지 잊어버리고 있었나보다. 고향의 날씨마저 미처 기억하
지 못하게 만들 정도로 40여 년 세월이 길긴 길었구나, 하
고 마리안느는 새삼 놀랐다. 선교사들은 파견지에서 20년
이 지나기 전에 고국으로 돌아간다고 한다. 한 나라에서

20년 이상을 머무르면 다른 문화에 다시 적응하기가 어려워지기 때문이다. 마리안느와 마가렛에게 소록도는 실로 압도적인 기억이 된 것이다.

인스브루크에서 기차로 20분 거리인 마트라이. 우리가 이미 알고 있듯 이곳은 고도가 높아 겨울에는 칼바람과 함께 시도 때도 없이 눈이 내린다. 가족들은 마리안느의 천식 증상이 소록도가 준 선물 중 하나임을 알고 있었다. 그녀의 알레르기는 꽃가루가 날리는 계절이 되면 더 심해질 것이다.

소록도에서 일할 때도 몇 년마다 한 번씩 고향에 휴가를 왔었지만 그때 마리안느와 마가렛은 곧 떠날 요량에 이곳 상황에 미처 신경을 쓰지 못했었다. 게다가 짧은 체류기간 동안 그녀들은 할 일이 넘쳐 늘 바빴다. 오스트리아 부인회와 개인 후원자들은 물론, 소록도에 물질적으로 도움을 준 지인과 단체들이 많아 따로 찾아가 감사의 인사를 표하는 데만도 상당한 시간이 소요됐었다. 또한 그녀들은 성당이나 학교 등을 방문해 소록도의 상황을 담은 슬라이드를 보여주고, 지원을 호소하며 여기저기 모금도 다녔다. 휴가기간에도 사실상 고향 집에 며칠 붙어 있기 힘들 정도로 분주한 일정이었다.

마리안느는 자매들과 한 집에서 지냈다. 3층으로 된 건물의 1층엔 막내 안토니아, 2층엔 안나가 거주하고 3층에 마리안느가 살게 됐다. 좁다란 마루 끝에 화장실이 달린 아담한 방이다. 아버지가 살아 계실 때 마리안느를 위해 마련해둔 공간이었다. 바로 옆에 오빠의 집이 있고 인근의 여동생 올가는 목수인 남편 오스왈드가 직접 지은 멋진 목조주택에 살았다.

그 해 겨울, 마트라이에는 눈이 많이 내렸다. 사방이 설국이다.

마리안느는 침대 위에 앉아 지붕 밑 작은 방의 창밖으로 만년설을 머리에 인 산을 멍하니 바라보았다. 그러나 그 흰색은 무언가 허전했다. 눈에 밟히는 건…… 푸른색이었다.

바다, 소록도의 푸른 바다.

마리안느는 뼛속 깊이 느껴지는 한기에 옷을 입고 또 껴입었다. 갑자기 귀향하는 바람에 3층 수리가 다 끝나지 않아, 난방을 해도 실내에 외풍이 들어오는 탓에 더 춥게 느껴졌는지도 모른다. 고향은 참 추운 곳이었구나, 그렇지만 봄이 되면 나아질 거야, 하고 그녀는 스스로를 안심시킨다.

오빠는 일주일에 한 번쯤 여동생들을 식사에 초대했다.

마리안느는 가족들과 함께 밥을 먹으며 다정한 형제자매들에게 큰 고마움을 느꼈다.

매주 일요일 오전, 마리안느는 미사를 드리러 성당에 간다. 이곳 성당은 소록도와 달리 교세가 많이 위축되어 있다. 첫영성체를 하는 어린이들도 그 다음주만 되면 거의 미사에 나오지 않는다. 게다가 마트라이에는 대부분 평일미사가 없어서 미사를 드리려면 인스부르크로 나가야 한다. 그녀는 인스부르크에 가는 날, 꼭 마가렛을 만나고 온다.

마가렛은 고향 땅을 밟은 이후 예기치 못했던 감정에 당황하고 힘들어했다. 어쩌면 생전 처음 느끼는 감정일 수도 있다.

그녀는 다른 이들이 놀랄 만큼 세상 것들에 대한 욕심이 없었다. 그녀가 가진 물건을 누가 몇 번 쳐다보기만 해도 그냥 주어버리는 것이 습관이 되었을 정도다. 환우들을 간호하는 일에는 전력을 다해 투신했지만 사람에 대한 집착도 없는 성격이어서, 그녀는 누가 가면 가나보다, 오면 오나보다 하면서 지내왔다. 그런 그녀가, 무엇을 이토록이나 그리워해본 적이 있었던가?

소록도, 그 바다, 그 하늘, 병원의 환자들, 이웃사람
들…… 모두들 잘 지내고 있을까.

마가렛은 이곳에 돌아온 이후 갑자기 할 일이 없어진
일상이 내내 낯설다. 크고 화려한 이곳의 성당들이 거의
비어 있는 것도 안타깝다. 마가렛은 이 겨울에 소록도 꿈
을 참 많이 꾸었다. 눈물이 흘러 저도 모르게 베개를 적시
는 일도 있었다.

솔직히 소록도가 천국이었냐 하면, 그건 결코 아니다.
그녀들이 입 밖에 내지 않아서 그렇지 얼마나 뼈아프게
힘든 일들이 많았던가. 초기에는 배고프고 열악한 환경,
낯선 음식들과 알아들을 수 없는 말, 다른 문화에 적응하
느라 큰 고생을 했다. 오해와 부당한 비난도 많이 받았다.
정성을 다해 돌봐준 환자들이 몰래 술을 마시거나 관리
를 잘못해 악화되고, 예기치 못한 사고로 죽어갈 때는 얼
마나 가슴 찢어졌던가. 그녀들의 너그러운 마음을 이용해
자선기금을 받아내려는 사람들이 지긋지긋했던 때도 한
두 번이 아니었다.

마리안느와 마가렛이 보는 앞에서 환자가 의사에게 폭
력을 행사한 사건도 있었다. 그때는 참으로 큰 분노와 실
망을 느꼈었다. 그런데 그런 기억들은 어느새 사라져버리

고 지금은 그리움만 남아 있다. 그러고 보니 소록도에 있을 때, 물론 가끔 고향의 음식들이 먹고 싶기는 했지만 그녀들은 오스트리아에 대한 향수 때문에 괴로워했던 적이 없었다. 그곳에서 환우들과 함께 웃고 울고 부대끼면서 참 행복하게 살아왔구나, 하고 마가렛은 새삼스레 느낀다.

목소리 크고 가무를 좋아하는 한국인들에게는 무어라 말할 수 없이 따뜻한 정이 있었다. 마리안느와 마가렛은 이곳에 오기 전까지 자신들이 그 분위기에 익숙해져 있었다는 사실을 미처 깨닫지 못했다. 소록도 사람들은 누구나 두 할매에게 밥 한 끼라도 대접하고 싶어 했다. 배급되는 부식을 아껴 가져다주는 환우들도 많았다. 누군가 정성껏 만든 김치와 반찬들, 갓 수확한 채소, 계란이나 과일, 쇠고기, 돼지고기가 종종 관사의 문 앞에 놓여 있기도 했다.

아주 오래 전 기억도 뜬금없이 찾아왔다. 연탄을 피워 겨울 나던 때, 추위가 오기 전에 환우들은 동생리에서 찍은 연탄을 높은 지대에 있는 그녀들의 관사까지 날라주었다. 길도 좁고 울퉁불퉁해서 짐을 가득 실은 리어카를 끌고 고갯마루를 올라오는 일이 쉽지 않던 시절이다. 다 태운 연탄재를 버릴 때도 이웃들이 늘 찾아와 도와주었다.

저녁시간에 종종 그녀들은 관사의 문을 두드리는 이웃

들과 함께 세상 돌아가는 얘기를 나누었다. 그녀들의 관사는 모든 이들의 사랑방이었다. 또 성당에는 단체도 많아 그녀들은 오다가다 기회가 되면 각종 모임에 참석하기도 했었다. 그런데 인스부르크의 성당에는 그런 분위기가 없다. 각자 서로의 사생활을 존중해주는 이곳은 평화롭고 지극히 질서정연하며 조용하다.

사방이 적막하다.

마가렛은 인스부르크 시내에 있는 3층 건물의 작은 스튜디오에서 지냈다. 어머니가 생전에 마가렛을 위해 마련해두신 공간이다. 그동안 가끔씩 가족들이 머물기도 하고 세를 주기도 했었다고 한다. 예전에 이 집 얘기를 들었을 때, 소록도에 뼈를 묻을 작정이던 마가렛은 자신이 여기에 머물 일은 없을 거라고 말했었는데, 어머니에게는 남다른 혜안이 있었나 보다.

부모님은 물론이고 오빠 부부, 그리고 트라우데 언니의 남편도 이미 이 세상 사람이 아닌 지 오래다. 이곳에 온 뒤에는 언니와 동생 가족들의 존재가 마가렛에게 큰 위로가 되었다. 마가렛의 조카 클라우스는 할아버지와 아버지처럼 의사로 개업 중이다. 특히 트라우데 언니는 마가렛을 살뜰하게 챙겨주었다. 언니는 마가렛이 돌아오기 전에 이 집을 깨끗이 청소하고 페인트칠도 손수 했단다. 처음에 마가렛은 왜 그런지 모든 일에 감이 잡히지 않아 한국말로 "언니야, 언니야" 하고 부르며 트라우데에게 도움을 청했다. 고향에 돌아왔어도 전에 그리던 고향은 아닌 듯 낯설었다.

오랜 기간 집을 떠나 있다가 기력이 쇠한 노인이 되어서야 돌아온 그녀의 존재를 가족 중의 누군가가 낯선 이방인으로 느꼈다고 해도, 이해 못 할 일은 아니다. 한 건물에 자매 세 명이 함께 사는 마리안느의 시골집이, 모두가 바삐 움직이는 도시에 사는 마가렛의 환경보다 더 적응하기 쉬웠을지도 모른다. 예민한 마가렛은 감정적인 시차에 좀 더 시달렸다.

물론 다정한 가족들은 전폭적으로 그녀를 지지해주었지만, 이미 그들에겐 각자의 생활이 있었다. 어느 곳에 가도 아이들은 핸드폰만 들여다보았다. 컴퓨터를 쓰지 않는 마가렛이 젊은이들의 대화에 끼어들기란 쉽지 않은 일이었다. 소록도에서와 같은 노인 공경의 풍습을 이곳에서 기대할 수도 없었다. 마가렛은 매일 성당을 찾아 미사를 드리려 했지만 그런 그녀를 보고 사람들은 웃었다. 이곳 사람들은 신자라고 할지라도 이미 미사참례를 대수롭지 않게 생각했다. 평일미사를 드리고 싶을 때면 마가렛은 인스부르크 시내에 있는 수도원 성당을 찾았다.

마가렛의 방 안에는 소록도의 추억인 사슴뿔이 하나 놓여 있다. 그걸 쳐다보고 있자니 소록도를 떠나던 때의 생각이 난다.

인천공항에서 곧 이륙할 비행기를 기다리던 시간, 소록도본당 신부님은 일행의 핸드폰으로 전화해 그들이 떠난 직후 두 마리 하얀 사슴이 성당의 교육관 쪽으로 내려왔다고 전했다. 가라고 해도 왜 그런지 가지를 않아, 자치회의 허락을 받고 성당의 우리에 사슴들을 넣었다고 했다. 아마 그녀들이 떠나기 전날 밤에 본 그 사슴들이었던 것 같다. 성당 사람들은 마치 할매들이 보내준 것 같아서 사슴들을 특별하게 느낀단다. 그 얘기를 들은 마리안느는 웃으며 "사슴 우리가 보낸 거 아니야. 그 사슴들 가둬두지 말고 그냥 자유롭게 놔뒀으면 좋겠어요" 하고 말했었다.

마가렛은 성당의 높은 종루에서 들려오는 종소리와 커다란 파이프오르간 소리를 좋아했다. 소록도에 있었을 때는 가끔, 고향 성당에서 들었던 이 소리가 그리웠었다.

그해의 마지막 날 밤, 마가렛은 은은하게 울리는 종소

리를 들을 수 있으리라 기대하며 창가에 서서 밖을 내다보았다. 다가오는 새해는 또 어떤 모습일까.

그러나 새해맞이 카운트다운의 순간에 사람들의 환호성과 함께 불꽃놀이가 펼쳐지고, 그 이후로도 새벽 3시까지 부자들이 개인적으로 쏘아 올리는 불꽃들 때문에 그녀는 고즈넉한 종소리를 들을 수 없었다.

이런 중에도 두 사람의 뼛속 깊이 각인되어 있는 봉사의 유전자는 여전히 빛을 발했다. 마리안느와 마가렛은 고향에 돌아와 채 숨을 돌리기도 전에, 주변에 도움을 필요로 하는 사람이 있는지를 제일 먼저 알아보았다. 그녀들은 이웃의 양로원을 방문하고, 자신들보다 더 늙고 거동이 힘들고 외로운 노인들을 돕기 시작한 것이다. 두 사람은 아예 호스피스 자격증을 따는 게 좋겠다고 생각해 진지하게 그 일을 추진하지만 뜻을 이루지는 못했다.

가족들이 이제 좀 쉴 나이라고 말리기도 했지만, 그보다는 호스피스 자격증을 따는 일이 쉽지 않았기 때문이다. 2년 동안 교육을 받아야 하는데 두 사람 모두에게 예상치 못한 손님들이 많이 찾아와 시간을 내기가 어려웠다.

그래도 두 사람은 최선을 다해 불우한 이웃들을 도왔

다. 마가렛은 인근에 사는 치매 환자를 정기적으로 방문하는 한편 마리안느와 함께 양로원에 있는 그리스도 왕 시녀회원 세 사람을 찾아가 과일이나 간식을 선물하기도 했다. 그 중 둘은 얼마 안 있어 세상을 떠났다.

그리스도 왕 시녀회의 한 회원은 마리안느와 마가렛이 소록도에 살 때 소포로 필요한 물품들을 부쳐주곤 했다. 그러던 그녀는 이제 치매로 정신이 흐려져 때로 마리안느와 마가렛을 알아보지 못했다. 그녀는 두 사람에게 서로 다른 날에 따로 와달라고 부탁했다. 그래서 마리안느와 마가렛은 교대로 그녀의 거처를 방문해 휠체어를 밀며 산책을 시켜 주고 꽃도 같이 보며 한나절을 보냈다.

마가렛의 집 방바닥은 노란색인데 테두리 쪽에 까만 무늬가 실처럼 길게 나 있었다. 자다 깨서 언뜻 보면 꼭 지네 같아, 그녀는 소스라치며 놀라곤 했다. 소록도의 관사에 살 때 마리안느와 마가렛은 지네에 많이 물렸었다. 이 기억은 시간이 좀 더 흐른 후에야 겨우 무뎌졌다. 마리안느는 코스모스를 좋아한다. 그래서 누가 코스모스 씨를 가져다주었는데, 시간이 가도 왜 그런지 심을 생각을 하지 못하고 있었다.

남겨진 사람들

***

마리안느와 마가렛이 소록도를 아주 떠났다는 사실이 알려지자 소록도는 커다란 충격과 슬픔에 빠졌다.

"무슨 일이랴, 왜 그래. 할매들 어디 갔어?"

"아주 갔다고?"

"에이 설마, 잠깐 다니러 간 거겠지. 말 한 마디 없이 이렇게 떠날 리가……."

"아니래요, 아주 가셨대요."

환우들은 그녀들이 늘 출근하던 M치료실 앞에 모여와 웅성거렸다. 마리안느와 마가렛이 떠난 후 이틀이 지난 수요일 아침, 문옥녀 씨는 그녀들의 부탁대로 각자의 이름이 쓰인 편지봉투와 약봉지를 치료실에 모인 사람들에게 나눠주었다. 그리고 나서 그녀는 자전거를 타고 마을을 돌면서 복사한 편지를 수신인들에게 직접 전달했다.

이윽고 사람들은 놀란 가슴을 부여잡고 마리안느와 마가렛이 살던 서관사로 뛰어올라가 집이 빈 것을 확인했다. 이웃들은 빈 집의 문고리를 붙잡고 울음을 터뜨렸고 망연자실해 마당에 주저앉아 버리는 사람들도 있었다.

그러고 보니 떠나기 한 달쯤 전부터 마리안느와 마가렛은 뭐 필요한 게 없냐고 사람들에게 자꾸 물었다. 그녀들은 뜬금없이 영양제나 먹을 것을 선물하기도 했고 지인들에게 용돈을 조금씩 쥐어주기도 했다.

성당이나 교회에서 마리안느와 마가렛을 위해 기도 드리는 사람들이 많았고 미사 시간이면 그녀들을 생각하다가 흐느끼는 이들도 종종 보였다. 이런 풍경은 몇 주 동안이나 이어졌다.

고순이(가명) 씨는 그녀들이 소록도를 떠났다는 소식을 들은 뒤 아무것도 할 수 없어, 며칠 동안을 멍하니 허공만 바라보았다.

이윽고 편지라도 보내야겠다고 결심한 그녀는 종이 한 장을 놓고 곱은 손을 추슬러 애써 펜을 들었다.

머릿속에는 전하고 싶은 수많은 말들이 떠돌아다니지만, 막상 글을 쓰려 하니 도대체 어떻게 시작해야 할지 알

수가 없었다.

그녀는 생각다 못해 '두 분께'라고 썼다.

'두 분께.'

그러나 종이 위에 눈물이 후드득 떨어져 더 이상 편지를 이어갈 수가 없다. 그동안 사느라고 바빠 잘 찾아보지도 못하고 몇 년씩 무심하게 지낸 적도 많았는데, 할매들이 떠났다고 이렇게까지 슬퍼지는 이유가 무엇일까. 그녀는 다시 편지를 이어가려다, 끝내 참았던 울음을 터뜨리고 말았다.

'두 분께. 건강하세요…….'

정봉업 다니엘 씨는 변함없이 부인인 이공순 씨와 함께 성당의 미사시간에 오르간을 친다. 그러나 마리안느와 마가렛이 떠난 뒤로는 아이처럼 시도 때도 없이 눈물이 흘러 오르간 위의 손가락을 움직이는 일이 여간 어려운 게 아니다. 그녀들이 소록도를 떠났다는 소식을 듣자, 정 씨의 마음은 무너져 내렸다. 그는 부인과 함께 몇 날 며칠을 울었는지 모른다. 성당 갔다가 M치료실에 들러 약을 타먹고 집에 오는 것이 그의 오전의 일과였는데, 어느 날 치료실에 갔더니 문이 굳게 닫혀 있었다. 아무것도 모르는 그와 부인은 문이 열리기만을 기다렸다. 그런데 누군가 두 분은 오스트리아로 영영 돌아가셨다고 알려주었다. 도저히 믿기지 않아 정 씨는 그 사람에게 계속 똑같은 질문을 했다. 허망하기 짝이 없었다. 꼭 아기들이 부모 울타리를 벗어난 것 같은 기분이 들었다. 자신들이 평소에 마리안느와 마가렛을 얼마나 의지하고 살았는지 그제야 제대로 느낄 수 있었다.

슬픔 속에 그는 오르간을 치고 있었다. 성가의 화음들이 그의 귀를 울린다. 그 소리를 들으면 하늘나라가 상상된다. 그는 이제야 깨닫는다.

아무도 눈치 채지 못하는 사이에, 우리 곁에 천사들이 다녀가셨구나…….

그래도 삶은 계속된다

***

마트라이와 인스부르크로 끊임없이 한국 손님들이 찾아왔다. 마리안느와 마가렛을 그리워하는 환우들에게서 전화도, 편지도, 소포도 줄을 이었다. 지인들의 연락은 언제나 반갑지만, 어떻게 알았는지 기자들이 올 때가 있는데, 인터뷰는 정말로 하고 싶지 않아 기자들이 찾아오는 날은 집을 비운다. 절친한 사람들을 통해서 요청이 들어와도 방송이나 언론 인터뷰는 예외 없이 거절했다. 허락도 받지 않고 그녀들의 이야기를 써서 출판하는 사람들은 참으로 당혹스럽다. 이런 종류의 일에 있어 마가렛의 태도는 마리안느보다 더 단호했다.

마리안느와 마가렛은 인스부르크와 마트라이에서 봉사 활동을 계속했다. 때때로 가족 모임에 참여하고, 형제자매의 손자 손녀들과도 놀아주곤 한다. 다행히 대장 수술 이후로 마리안느의 건강은 많이 좋아졌다.

마리안느는 차츰 오스트리아의 생활에 잘 적응해갔다. 한국의 지인들은 때마다 잊지 않고 그녀가 좋아하는 김과 미역, 유자차, 말린 과일이며 홍삼제품들을 보내줘 아래층 자매들과 나눠먹기도 한다. 그녀의 찬장 속에 된장과 고추장은 언제나 구비되어 있다. 그녀는 가끔 매운 라면을 끓여먹고, 동양 식품점에서 쌀을 사다가 밥도 해먹는다.

그런데 어느 날부터인가, 마가렛이 말수가 줄어들고 눈빛의 초점이 흐려졌다. 마가렛은 음식을 잘 먹지 않았고 산책도 나가지 않았다. 그녀는 방에 혼자 틀어박혀 기도책을 보다가 그냥 잠들어버리곤 했다. 마리안느가 찾아와 밖으로 나가자고 아무리 요청을 해도 그녀는 요지부동이었다.

트라우데 언니가 어느 날 마가렛의 집을 방문해 보니, 냉장고 안에 썩어가는 음식이 그대로 있었고 마가렛은 먹을 생각도 치울 생각도 하지 않은 채 누워만 있었다. 자신의 고충을 남에게 잘 이야기하지 않는 성격인 마가렛은 그동안 혼자 살면서 속으로 큰 외로움을 겪어왔다. 이제는 기운이 쇠약해지고 귀도 어두워져 다른 이에게 도움을 주기는 고사하고 보살핌을 받아야 할 처지가 되었는데, 그녀는 이런 상황을 받아들이고 적응할 수가 없었다. 때로 자신의 정체성을 잃어버린 듯한 느낌이 들기도 했다. 그러고 보니 그녀는 요즘, 어제 누구를 만났는지 무슨 일이 있었는지 잘 기억나지 않았다.

그녀는 어느 순간, 자신만의 깊은 동굴로 들어가 숨어버렸다. 여기에 소록도에 대한 향수병이 더해져, 그녀는 이제 자신이 오스트리아 사람도 아니고 한국 사람도 아니라고 느꼈다.

마리안느는 이런 마가렛을 볼 때면 가슴이 매우 아팠다. 그토록 쾌활하고 긍정적이며 명민하던 마가렛의 빛나는 눈동자가, 하루아침에 흐릿해져버린 것이다. 산전수전을 모두 겪으며 살아온 그녀들이지만, 노년의 고통은 실로 가혹했다. 가족들은 마가렛을 병원에 데려가 검진을 받게 했고, 병원에서는 치매 초기 단계라는 진단을 내렸다.

마가렛은 한때 진지하게 한국으로 돌아가 여생을 보내야겠다고 생각한 적도 있었다. 그러나 그녀가 이미 소록도를 떠난 지 5년이 넘는 시간이 흘렀고, 이제는 병원에서 치료를 받아야 하는 상황에서 외국으로 다시 나가기란 쉬운 일이 아니었다. 어쩌면 자기 나라의 어려운 이들을 위해 일생을 바쳐온 노인 하나를 다시 받아주지 못할 만큼, 한국인들은 여유가 없고 너그럽지 못했는지도 모른다.

마가렛이 돌아가고 싶었던 곳은 어디였을까.

그곳은 꼭 소록도가 아니었을지도 모른다. 아마 그녀는 지금이라도, 자신이 도움이 될 수 있는 곳이 있다면 어디든 달려갈 것이다. 그러나 이제는 그녀도 기력이 쇠하여 다른 이들의 짐을 대신 져줄 수가 없을 뿐이다.

　　마가렛은 2013년 4월에 지역의 양로원으로 들어갔다. 그런데 희한하게도 그날부터 마가렛의 우울증과 무기력증이 싹 사라졌다. 그녀는 양로원의 여러 가지 프로그램을 잘 따르는데다가 항상 웃는 낯이어서, 직원들에게도 인기가 좋았다. 마가렛은 주변의 동료 노인들과도 잘 지냈으며, 어제 일은 아직도 깜박깜박할 때가 있지만 예전 일은 또렷이 기억하고 이제는 묻는 말에 대답도 잘 했다. 그녀는 매주 목요일에 있는 양로원 미사에 늘 참석했고, 일요일 오전 11시에는 가까운 성당에 가 미사를 드렸다.

　　독방에 기거하기는 해도 양로원은 여러 사람이 함께 지내는 곳이다 보니, 그녀의 성격 상 직원들이나 그 누구에게도 폐를 끼치고 싶지 않았을 것이다. 그녀가 혼자 지낼 때와는 다른 상황일 수밖에 없다. 아침에 일어나고 저녁에는 자고, 모여서 노래 부르는 시간도 있고 무엇보다 정해진 시간에 식사를 하는 규칙적인 일상이 그녀에게 큰 도움을 주었을 것이다. 혼자 살 때처럼 끼니를 거르지 않고 양질의 식사를 하니 그녀의 건강도 차츰 좋아졌다.

마가렛이 양로원에 들어간 이후로 다행히 모든 면에서 건강해지자, 마리안느도 걱정이 줄어들었다. 그녀는 가끔씩 마가렛을 보러 인스부르크로 갔다. 마가렛과 이런 저런 대화를 나누고, 편지를 함께 읽어보기도 하고, 성가를 부르며 기도를 드린 뒤에 그녀는 다시 마트라이로 돌아온다.

마리안느와 마가렛에게는 요즘도 달마다 연금이 나온다. 마가렛의 양로원 비용도 국가에서 보조해준다. 그리스도 왕 시녀회는 회원들을 경제적으로 지원해주는 단체가 아니어서, 그녀들은 평생 여윳돈이라고는 지녀본 적이 없다. 마리안느와 마가렛은 오스트리아 부인회의 지원금도 오로지 소록도를 위해서 모두 썼다. 그녀들은 주위 사람들에게 늘 적은 돈으로도 아껴 쓰면 충분히 잘살 수 있다고 말했다. 가끔 소록도의 옛 환우들은 마리안느와 마가렛에게서 오는 편지를 뜯어보고 놀라기도 한다. 편지 봉투 안에는 그녀들이 모아서 보내주는 10유로, 20유로씩이

들어 있기 때문이다.

2016년 봄. 마리안느는 작은 방의 침대 위에 앉아 소록도에서 온 초청장을 읽고 있었다. 지난겨울 천식과 폐렴 때문에 병원에 입원했다가 퇴원한 이후, 아직은 숨이 다소 가쁘다. 올해는 국립소록도병원 개원 100주년이 되는 해라고 한다. 그래서 국립소록도병원과 소록도 성당, 그리고 고흥군에서 5월 17일에 열리는 기념행사에 그녀들을 초청해온 것이다.

그녀는 벽에 걸린 십자가를 쳐다보며 생각에 잠긴다. 그 땅을 떠난 지 벌써 11년이 지났다. 어쩌면 이번이 그녀가 소록도를 방문할 수 있는 마지막 기회인지도 모른다. 가족들은 천식을 앓는데다가 무릎도 시원치 않은 그녀가 장거리 비행기 여행을 견딜 수 있을지 걱정하지만, 그녀는 고심 끝에 소록도를 방문하기로 결정한다.

마가렛은 함께 소록도에 다녀오자는 마리안느의 제안에 천천히 고개를 젓는다. 그녀는 소록도의 환우들과 지인들에게 대신 안부를 전해 달라고 말한다. 이곳 양로원 생활에 겨우 적응한 마가렛은 이제, 다른 곳으로 가고 싶지 않았다.

소록도 방문 계획을 확정한 이후, 마리안느는 내내 소풍을 앞둔 아이처럼 설렜다. 소록도는 어떻게 변했을까. 소록도와 육지를 잇는 다리가 개통되었다는데, 그녀가 사랑하던 자연은 여전히 아름다울까. 그녀들이 살던 붉은 벽돌집을 그대로 보존했다는데, 거기서 다시 잠을 자면 기분이 어떨까. 그동안 많은 지인들이 세상을 떠났다는 소식이 들려왔었다. 병원의 환우들도 그동안 많이 늙었겠지. 나와, 마가렛처럼.

비행기 표를 받은 날 밤, 마리안느는 꿈을 꾸었다.

꿈속에서 소록도의 변함없이 푸른 바다가, 그 일렁이는 물결이, 황금 햇살이, 그녀를 따사롭게 받아주었다.

2016년 2월. 나는 마리안느와 마가렛의 일대기를 다루는 다큐멘터리 영화팀과 함께 한겨울의 인스부르크에 있었다. 스키어들의 천국인 인스부르크는 산으로 둘러싸인 아름다운 도시다.

이곳에 온 직후, 마리안느가 천식과 폐렴으로 인해 시내의 병원에 입원했다는 소식이 들려왔다. 나는 다큐멘터리 팀원들과 함께 꽃을 사 들고 문병을 갔다.

병실 침대에 누운 마리안느 할머니의 얼굴을 바라보며, 나는 속으로 놀랐다. 알프스 산 위의 하늘색을 닮은 그분의 푸른 눈은 참으로 맑고 깨끗했다. 그 연세의 노인에게서 흔히 볼 수 있는 눈빛이 아니었다. 우리를 보자 그분의 무구한 눈빛은 잠시 흐려졌다. 그래도 침대에 누운 몸을 일으키려 애쓰며, 그분은 친절한 태도를 끝까지 잃지 않으셨다.

지난날 자신이 한 일이 무엇이든 결코 세상에 드러내고 싶어 하지 않는 연로한 마리안느 할머니의 심정을, 나는 처음부터 끝까지 이해할 수 있을 듯했다. 그렇다면 작가로서 그녀에 관한 이야기를 쓰기 위해 머나먼 이곳에 날아온 나는 무엇을 해야 하나.

오후. 알프스 산맥을 넘어온 푄(föhn) 바람이 인스부르크 시내에 휘몰아쳤다.

나는 시내의 요양원에 있는 마가렛 할머니를 방문했다. 작년까지 건강에 기복이 심했지만 다행히 올해 들어 많이 호전된 상태라고 한다. 그녀의 작은 방에는 아직도 소록도의 흔적들이 많이 남아 있었다. 벽에는 한자로 '無(무)', '無心(무심)' '愛德(애덕)' 등의 글귀가 쓰인 흰 종이가 붙어 있었고, 작은 제단 위에는 소록도의 사슴뿔도 놓여 있었다.

마가렛 할머니는 시종 웃는 낯이었다. 자신에 대한 모든 기록물을 정말로 싫어하는데도, 먼 곳에서 온 손님인 내게 보이는 할머니의 웃음은 그저 따뜻하기만 했다. 할머니는 가끔 서툴게 들리기도 하지만 꽤 유창한 한국말을 구사했고 재치 있는 농담도 잘 하셨다.

나는 창가 쪽 책상에 앉은 마가렛 할머니의 옆에 선 채 창밖을 내다보았다. 창밖으로는 푸르른 하늘 아래 성당의 묘지들이 내려다보였다. 할머니는 카드놀이를 하던 모양인지, 책상 위에는 카드 패들이 펼쳐져 있었다.

"할머니, 이건 뭐예요?"

"이거? 빠시앙스. 그냥, 재미로 하는 거."

"그러면 한국에서 화투도 쳐 보셨어요?"

"화투? 아니, 안 해봤어. 근디 한국 사람들, 밤새 쳐요. 아이고."

밤새 화투를 치는 한국 사람들을 떠올리며, 우리는 함께 웃었다.

"한국 사는 거, 조금 복잡해. 빨리빨리. 여기는 단순하게 살아요."

"할머니, 소록도 생활은 어떠셨어요?"

"소록도? 아주 좋았어요. 근디 부끄러워, 나는 간호 일 했지 그거 말고는 특별히 한 일이 없어요. 언제나 우리, 행복 있었어요. 환자들 치료해주는 거 같이 사는 거, 다 좋았고."

소록도 이야기를 할 때, 먼 곳을 보듯 할머니의 두 눈은 가늘어졌다.

"근디 그 시절, 이제는 다 지나갔어. 나, 앞으로는 여기 안 떠나요."

벽의 책장 안에 들어 있는 한국어 성가집이 내 눈에 들어왔다. 나는 성가집을 뽑아 펼쳤다. 마가렛 할머니는 성가 부르기를 좋아하신다고 했다. 우리는 '사랑의 송가'를 같이 부르기 시작했다.

천사의 말을 하는 사람도 사랑 없으면 소용이 없고
심오한 진리 깨달은 자도 울리는 징과 같네.

하느님 말씀 전한다 해도 그 무슨 소용 있나.
사랑 없이는 소용이 없고 아무것도 아닙니다.
사랑 없이는 소용이 없고 아무것도 아닙니다.

2016년 4월, 마리안느는 국립소록도병원의 100주년 기념식에 참석하기 위해 한국을 방문했다.

큰 할매, 마리안느가 왔다는 소식에 온 소록도가 술렁였다. 실로 수많은 사람들이 큰 할매를 찾아와 두 손을 붙들며 눈물을 보이고, 진심에서 우러나오는 크고 작은 선물들을 내놓았다. 작은 할매가 같이 오지 못했다는 소식에는 다들 아쉬움을 감추지 못했다.

마리안느의 관사는 각지에서 온 손님들의 행렬로 인해 문지방이 닳을 지경이었다. 하루에 열 명에서 스무 명 정도의 개인적인 방문객들은 기본이고, 국립소록도병원이나 소록도성당에서의 환영행사들도 쉼 없이 이어졌다. 미디어나 기자들의 방문은 모두 거절하는데도 인터뷰 요청이 빗발쳐, 결국 마리안느는 처음이자 마지막으로 공식적인 기자회견을 가졌다.

5월 말의 어느 저녁, 인터뷰를 위해 소록도의 관사를 방문한 나는 응접실에 앉아, 벽장에 꽂혀 있는 지나간 시대의 카세트테이프들을 쳐다보고 있었다. 두 할머니가 한국을 떠나기 전에 듣던 것들이라고 했다. 나는 문득 마리안느 할머니에게 무슨 음악을 좋아하시냐고 물었다. 비발디의 〈사계〉를 좋아한다는 대답이 돌아왔다. 베토벤, 모차르트, 슈베르트, 차이코프스키. 오스트리아 사람답게 할머니는 주로 클래식 음악을 듣지만, 한국에 온 뒤로는 한국 노래들도 많이 들었고 특히 장사익의 찔레꽃을 좋아한다고 하셨다.

나는 마리안느 할머니가 살아온 시간들에 대해 질문하

기 시작했다. 분명 그분은 침묵을 지키고 싶은 때가 훨씬 많았으리라. 가끔 그분은 고개를 저으며 중얼거렸다.

"대답할 말이 없어. 나는 정말로 아무것도 한 게 없어. 환자들이랑 같이 살면서 소록도 아주 좋았고, 간호사로서 병원 일 기쁘게 했고, 우리 진짜 행복했어요. 모두 정말 좋은 사람들이었어요. 걱정도 하지 않았어. 하루하루 그냥 열심히 살면 되니까. 그냥, 밝은 줄, 생각하면 돼요. 그걸 따라가면 하느님 부름이에요."

마지막 인터뷰를 마치고 서울로 올라오는 기차 안에서, 나는 줄곧 마리안느와 마가렛에 대해 생각했다.

마리안느는 지평선처럼 넓고 너그러우며, 마가렛은 수직선처럼 높고 깊다. 아마도 두 사람은 오랫동안, 이렇게 하나의 십자가를 지탱해왔으리라.

'희생'이란 가치가 일종의 조롱거리가 된 지 오래인 시대, 모두가 더 가지지 못해 불행한 이 시대에 이분들의 존재는 분명 희귀하고, 또 희귀하다.

문득 기억이 났다. 인스부르크에 퓐 바람이 휘몰아치던 지난겨울 그 요양원에서의 오후. 어느 순간 마가렛 할머니는 나와 함께 부르던 노래를 멈추고 성가책을 그대로 책상 위에 놓은 채, 창밖을 내다보기 시작했다. 시간이 무심히 흘러갔다.

그분의 관심은 이미 이 방과 카드놀이패들과 퓐 바람과 그리고 먼 곳에서 온 방문객과, 우리를 둘러싼 모든 물질 세계를 반쯤 떠난 것처럼 보였다. 그분의 눈길은 하늘 아래 흘러가는 구름을 조용히 따라가고 있었다. 나 역시 그분을 따라 구름을 쳐다보다가, 무심 속으로 들어갔다.

순간 나는 어떤 책을 쓸지에 대한 모든 고민들을 놓아버렸다. 내 안의 수많은 얕은 번뇌들도 저 구름처럼, 결국엔 다 흩어져버릴 것이다.

나는 보고 있었다. 깊게 주름진, 어린아이처럼 무방비한 마가렛의 얼굴을. 그러나 그분은 더 이상 나를 보고 있지 않았다. 이윽고 깊이를 알 수 없는 침묵 속에서, 오후의 긴 햇살이 창 안으로 들어와 그분을 지그시 어루만지기 시작했다. 마가렛의 지극히 순수하고 색깔 고운 영혼이 밝은 햇살에 문득 드러나 보이는 듯했다. 마리안느 만큼이나 해맑은 그분의 갈색 눈동자에는, 영원을 닮은 무언가가 있었다.

나는 그 순간을 마음속 깊이 간직했다.

연도	마리안느 스퇴거Marianne Stöger	마가렛 피사렉Margaritha Pissarek
1934	4월 24일 출생. 아버지 파울 스퇴거 (Paul Stöger. 1905. 1. 21~1986. 5. 23), 어머니 마리안나 스퇴거(Marianne Stöger. 1899. 9. 10~1987. 11. 2)의 2남 5녀 중 셋째, 큰딸로 오스트리아의 마트라이(Matrei)에서 태어남 큰오빠 조제프(Josef. 1931~1992) 작은오빠 파울(Paul. 1932. 1. 6~) 마리안느(Marianne. 1934. 4. 24~) 여동생 치타(Zita. 1935. 4. 10~) 여동생 안나(Anna. 1936. 5. 16~) 여동생 올가(Olga. 1941. 6. 30~) 여동생 안토니아(Antonia.1944. 5. 31~)	
1935		6월 9일 출생. 아버지 닥터 한스 피사렉(Dr.Hans Pissarek. 1903. 5. 2~1965. 1. 8.), 어머니 게르트루드 테인 (Gertrude geb.Then. 1900. 7. 28~1994. 7. 2)의 2남 2녀 중 셋째로, 폴란드의 비엘스코 비아와(Bielsko-Biala)에서 태어남 친가는 오스트리아 계 폴란드, 외가는 오스트리아 오빠 테오도르(Theodor. 1931~1991) 언니 트라우데(Traude. 1932. 10. 13~) 마가렛(Margreth. 1935. 6. 9~) 남동생 칼 노르베르트(Karl Norbert. 1941. 10. 21~)
1941	7세. 마트라이에서 초등학교 (Volkschule Matrei) 입학	
1942		7세. 폴란드의 포젠(Posen)에서 초등학교 입학

1945		10세. 가족들이 오스트리아의 마트라이로 이주해서 마트라이 초등학교로 전학
1946		11세. 오스트리아의 인스부르크로 이주. 여기서 24세까지 거주
1949	14세. 초등학교 졸업 후 여성직업학교(hauswirtschaftsschule) 진학	
1950	15세. 마가렛의 아버지가 근무하는 병원에서 간호 견습생으로 마가렛과 처음 만남	14세. 아버지가 근무하는 병원에서 간호 견습생으로 마리안느와 처음 만남. 그리스도 왕 시녀회 입회
1952	인스부르크 간호학교 입학, 1955년까지 3년간 공부함. 마리안느와 마가렛, 트라우데 언니 등과 기숙학교 같은 방에서 생활함	
1954	20세. 그리스도 왕 시녀회 입회	19세. 그리스도 왕 시녀회 종신서원
1955	21세. 간호학교 졸업 후 인스부르크 대학병원에서 간호사로 5년간 근무	20세. 간호학교 졸업 후 트라우데 언니와 함께 빈의 병원에서 간호사로 1년간 근무
1957	23세. 그리스도 왕 시녀회 첫 서원	
1959		24세. 여름, 프랑스의 한센인 정착지 오트레슈(Autrèche)로 떠나 6개월간 봉사함 12월 19일 토요일, 처음으로 한국 땅을 밟음 그리스도 왕 시녀회원인 간호사 에미 크룸슈나벨(Emmy Krummschnabel), 율리안나 버섯(Juliana Borsert)과 함께 경상북도 왜관의 한센인 정착지 베타니아 원에서 일함
1961		26세. 전주 성모병원으로 이동. 다른 간호사들과 교대로 고창의 한센인 병원 동혜원에 파견 근무 9월, 서울의 갈멜 수녀회에 입회

1962	28세. 2월 24일, 광주교구장 헨리 대주교와 5년 계약으로 소록도에 옴. 당시 소록도 한센 병자는 6000명이었음 같은 그리스도 왕 시녀회원이던 간호사 마리아 디트리히(Maria Dittrich)도 이때 한국행을 신청 3월 말, 동료 간호사 윌마 슈테머(Wilma Stemmer)가 2년 계약으로 소록도에 옴 4월, 소록도에서 영아원 개원 12월, 그리스도 왕 대축일에 오스트리아인 지도신부님이 거주하던 전주에서 종신서원 국립소록도병원에서 아동치료실을 열어 치료 시작	
1964		29세. 건강에 이상이 생겨 갈멜 수도원을 나온 뒤 오스트리아의 인스부르크로 귀향. 암으로 투병 중이던 아버지를 간호함
1965	31세. 7월, 국립소록도병원 사정으로 영아원이 이전되어 오스트리아로 귀국	30세. 아버지가 돌아가신 후 인스부르크의 폐결핵 병원에서 간호사로 근무
1966	다미안 재단의 지원으로 인도의 칭글레풋(Chingleput), 벨로르(Vellore) 등지의 한센 병 치료병원과 교육기관에서 6개월간 교육을 받음 10월 16일, 국립소록도병원에서 간호사로 일하기 위해 한국의 소록도에 도착 다미안 재단의 의료진들은 5년 계약으로 이 해 4월부터 국립소록도병원에서 의료 활동을 시작함. 마리안느, 마가렛, 마리아는 다미안 재단의 공식적인 간호사로서 근무하게 됨	
1971	4월, 전남 장성군 진흥면 땅 4000평을 오스트리아 부인회의 지원으로 구입해 완쾌된 한센 인들의 사회정착금으로 8 가구에 분배해줌 4월 5일, 다미안 재단의 의료진들이 계약 만료 후 본국으로 떠남 5월 17일, 감사패(보사부 장관 김태동)	

1972	4월 30일. 오스트리아 부인회의 지원으로 오물 소각장 설치 (면적 3.3㎡)
	5월 17일. 세마(마리안느, 마가렛, 마라아) 공적비 제막식
	6월 15일. 국립소록도병원은 오스트리아 부인회의 지원금과 유판진 전주 호성보육원장의 기금을 합해 소록도 중앙공원 상단에 '사랑의 동물원'을 개원
	7월 24일. 국민포장 1004호(대통령 박정희)
	9월 15일. 중앙리목욕탕 신축(건평32㎡)
1973	6월 30일. 오스트리아 부인회의 지원으로 정신병동 신축(건평122㎡ 8실 16병상)
1974	9월 21일. 중환자실 개선(건평3654㎡ 6실 48병상)
	11월 27일. 감사패(보사부장관 고재필)
1975	12월 30일. 오스트리아 부인회 지원으로 결핵 병동 신축
1976	12월 30일. 오스트리아 부인회 지원으로 녹산 초등학교 건물 및 구수도관 건물을 개보수하여 시각장애자병동 및 휴게소로 개조
1977	12월 30일. 구북리 목욕탕(33.18㎡) 신축
1978	11월 15일. 신생리, 동생리, 남생리, 서생리 목욕탕 4동(171.6㎡) 신축
1979	5월 11일. 감사패(대한간호협회 김모임)
1980	오스트리아 부인회의 지원으로 소록도의 초지에 유양 10마리를(81년 8마리) 입식시켜 총 3,559L의 양유 생산, 재원환자들에게 공급. 기타 상당량의 의류와 치료제, 의약품, 분유 등도 공급
1983	4월 7일. 표창장 제57304호(대통령 전두환)
1988		53세. 1월 허리디스크 수술. 이후 오스트리아에 귀국하여 요양 후 소록도 병원으로 복귀
1994	주한 오스트리아 대사가 소록도에 와 오스트리아 정부 훈장 수여
1996	5월 17일. 국민훈장모란장 제1513호(대통령 김영삼)	5월 17일. 국민포장증 제 6491호 (대통령 김영삼)
1999	2월 8일 직원 및 자원봉사자들과 함께 영부인 이희호 여사 초청 청와대 행사 참석
	4월 13일 호암상 사회봉사상(호암재단) 수상

1999	9월 27일. 마리안느, 마가렛 호암상 상금관리 위원회 규정 제정	
2003	69세. 대장암 진단을 받아 수술 받음	
2005	11월 22일. 오스트리아로 귀국	
2006	5월 15일. 유시민 보건복지부장관 전국한센인가족의 날을 맞이하여 소록도 방문. '마리안느, 마가렛의 집' 명명식	
2013		78세. 노환으로 4월, 요양원 입원
2015	12월 29일. 사단법인 마리안마가렛 법인 설립허가(이사장 김연준 신부)	
2016	84세. 4월 14일. 한국을 떠난 지 11년 만에 소록도 방문 4월 26일. 국립소록도병원 내에서 첫 공식 기자회견(병원장 박형철) 5월 16일. 고흥군 명예군민증 수여 (군수 박병종) 5월 17일. 국립소록도병원 100주년 기념식 참석(병원장 박형철)	83세. 건강은 이전에 비해 많이 호전되었으나 장시간의 비행은 허락지 않아, 마리안느의 내한에 동행하지 않음 5월 16일. 고흥군 명예군민증 수여 (군수 박병종)
2016	6월 8일. 대한민국 명예국민증 수여(법무부장관 김현웅) 6월 9일. 오스트리아로 출국 6월 14일. 마리안느 마가렛 사택 등록문화재 제 660호 지정 8월 12일. 제20회 만해대상 실천부문 수상(만해축전추진위원회 위원장 오원배) 10월 7일. 인스부르크에서의 만해대상 전수식(오스트리아 가톨릭 부인회 주관, 인스부르크 교구 후원)	

• 참고 도서

『소록도 80년사』 발행인 오대규 / 국립소록도병원 간행(1996)

『사진으로 보는 소록도 80년』 발행인 오대규 / 국립소록도 병원 간행(1996)

월간 『소록도』 76호~150호 / 월간 소록도 편집위원회 / 국립소록도 병원 발행

『소록도 100년의 기억』 보건복지부 국립소록도병원 저 / 휴먼컬처아리랑 (2015)

『소록도 100년의 이야기(1916-2016)』 김재현 엮음 / KIATS(2016)

『사슴섬 간호일기』 국립소록도병원 간호조무사회 발행(2011)

『소록도, 다시 부르는 연가』 조창원 저 / 오늘의 문학사(2003)

『보리피리』 한하운 저 / 범우사(1987)

『오스트리아 속의 한국인 : 한오 수교 120주년 기념 한인 동포 50년의 기록』 재오스트리아 한인연합회 저 / 리더스가이드(2012)

『소록도 꽃』 서판임 저 / 도서출판 명작(1999)

소록도의 마리안느와 마가렛

초판 1쇄 발행 2017년 3월 3일 **초판 13쇄 발행** 2023년 9월 27일

지은이 성기영
펴낸이 이승현
기획 천주교 광주대교구

출판1 본부장 한수미
라이프 팀
디자인 윤정아

펴낸곳 ㈜위즈덤하우스 **출판등록** 2000년 5월 23일 제13-1071호
주소 서울특별시 마포구 양화로 19 합정오피스빌딩 17층
전화 02) 2179-5600 **홈페이지** www.wisdomhouse.co.kr

ⓒ 천주교 광주대교구, 성기영, 2017

ISBN 978-89-5913-486-1 03810